Manfred Henze

# Stehlen, Quälen, Morden – Das ist doch nicht erlaubt!

Kriminalfälle und Polizeiarbeit
im 19. Jahrhundert
und 150 Jahre später

Phantombild: Dirk Scheerle, Landeskriminalamt Niedersachsen

**Manfred Henze,** 1952 in der Innenstadt von Neustadt am Rübenberge geboren, trat 1970 in den Polizeidienst des Landes Niedersachsen ein. Er wirkte in 45 Dienstjahren in fast allen Bereichen der Landespolizei, davon insgesamt 37 Dienstjahre beim heutigen Polizeikommissariat Neustadt, das er die letzten 15 Jahre bis zur Pensionierung 2015 leitete.

Der Erste Polizeihauptkommissar fand schon frühzeitig vor dem Eintritt in den Ruhestand einen neuen Wirkungskreis bei der Opferhilfeorganisation WEISSER RING. Seit 2015 leitet er den WEISSEN RING in der Region Hannover. Manfred Henze ist verheiratet, hat zwei erwachsene Söhne und wohnt in Neustadt-Poggenhagen. Er ist Mitglied in zahlreichen Vereinen und Institutionen und hat mit seinem ersten Buch auch den Geschmack am Schreiben gefunden.

Weiterer Titel des Autors:
Kaffhocker
Eine kleinstädtische Milieustudie
BoD – Books on demand, Norderstedt
ISBN: 978-3-748119-39-5


Überarbeitete Auflage 2019
Manfred Henze
Herstellung und Verlag
BoD – Books on demand, Norderstedt
ISBN: 978-3-750417-27-4
Umschlaggestaltung: Dirk Scheerle
Lektorat und Korrektorat: Rita Nandy
Techn. Umsetzung: Moritz und Julian Henze

Mehr über den Autor im Internet unter:
www.manfredhenze.de

## Vorwort

- Von meinem Dienstzimmer in der Theodor-Heuss-Straße 14 in Neustadt blickte ich auf den Erichsberg. Dort spielte ich in meiner Kindheit Räuber und Gendarm und verhalf am damaligen Wallmarktplatz mit Holzsäbel und Erbsenpistole dem Recht zum Sieg. Ich kämpfte als Winnetou oder Old Shatterhand im Amtsgarten für Gerechtigkeit und verfolgte Gauner in der alten Zehntscheune.

- Mir kam der Gedanke, aus dem alten Fundus meiner Vorfahren aus der Biedermeierzeit die damaligen Kriminalfälle näher zu „ermitteln". Und als Vergleich meine persönlichen Erinnerungen einzubringen. So entstand der Blick auf die Jahre 1820 bis 1840 sowie 1970 bis 2015.

- „Meine" Aufzeichnungen beinhalten Leidvolles und Tragisches, in Teilen auch Grausames, aber auch Überraschendes und Komisches. Persönlich haben sie mich alle berührt.

- Es war spannend, die uralten Begebenheiten zusammenzutragen. Ich bin jedoch mehr als zufrieden, 150 Jahre später als Leiter der Polizei über meine „Fälle" berichten zu können.

11

# 1. Das Grundbedürfnis nach Schutz, Sicherheit und Ordnung

Je mehr sich der Mensch zu Lebensgemeinschaften zusammenschloss, umso mehr nahmen auch die Regelungen für Ordnungs- und Schutzfunktionen zu. Sie waren immer nach dem Bedarf der Zeit gestaltet, anfänglich als Jedermannsrecht, dann als Gemeinschaftsrecht und schließlich als Aufgabe der Staatsgewalt mit unterschiedlichen Prägungen.

Solche Aufgaben können nicht allein nach den heutigen Wertvorstellungen beurteilt werden. Vielmehr sind die Bedürfnisse, Erkenntnisse, Ansichten und Regeln der jeweiligen Epoche zu berücksichtigen.

Zu größeren Lebensgemeinschaften kam es im heutigen Niedersachsen um die Wende zum 12. Jahrhundert nach vielen Stadtgründungen. Bis dahin hatten Ansiedlungen bestanden, die durch autarke Versorgung und die Ordnungsgewalt des Grundherrn abgeschlossene

12

Lebensbereiche darstellten. Überschüsse in der landwirtschaftlichen und handwerklichen Produktion führten zu Tausch und Handel, öffneten diese Lebensgemeinschaften und ließen feste Marktorte an günstigen Plätzen entstehen. Als solche galten Gerichts- und Kirchenplätze, da dort viele Menschen zusammenkamen, oder Plätze an günstigen Land- und Wasserwegen. Händler und Handwerker wurden sesshaft, Städte mit wenigen Hundert Einwohnern entstanden. Dort wo Burgen bestanden und ringsherum Ansiedlungen stattfanden, nannten sich die neuen Siedler „Bürger".

Diese Städte, so auch Neustadt am Rübenberge vor rund 800 Jahren, vermittelten nach damaligem Maßstab eine neue Lebensqualität durch Sicherheit und Bürgerrechte.

Die Bürgeransammlungen erforderten recht bald vielfältige Schutz- und Ordnungsaufgaben, die zunächst noch auf der Grundlage der Bürgerpflichten wahrzunehmen waren. Schon bald jedoch erfolgte eine Spezialisierung. Es entwickelte

13

sich eine genaue Regelung des Lebens durch bestellte Beamte und verpflichtete Bürger. Eine Ermittlungstätigkeit nach Regelverstößen war aber weitgehend noch unbekannt. Alleiniger Zweck von martialischen Strafen war die ABSCHRECKUNG.

Als Beispiel für das uns heute grausam erscheinende Strafmaß sei hier ein Todesurteil des Schöffengerichts aus dem Jahre 1691 zitiert:

*Das Gericht erklärt für recht, dass der Beklagte nach dem Gerichtsplatz am Galgenberg gebracht soll werden und das alsdann:*

*Zu 1.*
*Da sollen im Freien durch den Scharfrichter mit einer Strohfackel die Haare vom Haupte abgebrannt werden.*

*Zu 2.*
*Die rechte Hand soll abgehauen werden, welche danach auch soll verbrannt werden.*

14

Zu 3.

Dass alsdann der Beklagte mit dem Strick so soll gestrafft werden, dass der Tod darauf folgt, und wenn solches geschehen sei, dass derselbe dort mit einer eisernen Kette um den Hals zwischen Himmel und Erde soll bleiben hängen, dass der Wind über seinem Haupte und unter seinen Füßen weht, so dass dieser Körper kommt zu verwesen als Exempel für jedermann, allda dies verkündigt den 22. Dezember 1691

Im Auftrage des Gerichtes:

Dominikus Ernst Menghius

Gerichtsschreiber

## 2. Entwicklung zur Institution Polizei

Generell können die Städte als Geburtsstätten der „Kriminalitäts-bearbeiter" gewertet werden, zumal sich bis ins 19. Jahrhundert hinein polizeiliche Aufgaben auf die Städte konzentrierten. Das „platte" Land wurde für solche Aufgaben zunächst vernachlässigt.

Der Begriff „Policey" ist übrigens im deutschsprachigen Raum erstmals im Jahre 1492 im Rahmen der „Nürnberger Verordnungen zur Regelung von Reichsangelegenheiten" erwähnt. Allerdings verstand man zu dieser Zeit darunter noch die gesamte Staatsverwaltung.

Die Trennung in reine Exekutivaufgaben unter der Bezeichnung POLIZEI erfolgte in der Mitte des 18. Jahrhunderts. Friedrich der Große ordnete die Polizei in einem Edikt vom 20. Februar 1742, als „Schützerin des Staates, der öffentlichen Ruhe und Sicherheit und des öffentlichen Verkehrs" ein.

Darüber hinaus war der Nachtwächterdienst für die Ruhe und den Brandschutz verantwortlich. Gerade in den Städten ist diese Aufgabe sehr lange betrieben worden. In Neustadt versahen bis um die Jahrhundertwende 1899/1900 Nachtwächter ihren Dienst.

Das Zusammenleben auf engeren Raum führte immer mehr dazu, fast jeden Lebenssachverhalt zu regeln und Verstöße mit peinlichen Strafen zu ahnden. Eine folgenschwere Entwicklung trat ein: Als Trennung zwischen Verwalter und Bürger entfaltete sich die OBRIGKEIT.

Frühere Gemeinschaftsaufgaben wurden durch eine strenge Überordnung ersetzt, staatliche Regelungen begannen sich um ihrer selbst zu verwirklichen. Dieser Ordnungsperfektionismus führte dazu, dass die Polizei - hier noch in dem umfassenden Begriff - für die Wohlfahrt zu sorgen hatte, das Hineinmischen in die intimsten Lebensabläufe führte zur Bezeichnung als „Polizeistaat".
In Preußen führte Friedrich der Große nach seinem Verständnis vom aufgeklärten

Absolutismus das „Allgemeine Landrecht" ein, das die Polizei von den Aufgaben des Wohlfahrtsstaates befreite. Im gleichen Zuge wurde auch die Polizei insgesamt reorganisiert. Das Jahr 1787 ist demnach als das eigentliche Geburtsjahr der deutschen Polizei zu werten.

Wenige Jahre später, während der Besatzungszeit, gelang es napoleonischen Sicherheitskräften das zunehmende Gauner- und Bettlerwesen zu bekämpfen. Dieser Plage auf dem „platten" Land war man vorher nicht Herr geworden. Aufgrund des französischen Vorbildes wurde deshalb nach einigen Versuchen 1812 die Gendarmerie begründet. Dazu wurden Teile des Militärs auf dem Lande eingesetzt. Sie unterstanden in der Aufgabenwahrnehmung den zivilen Behörden.

Der Einfluss der Haupt- und Residenzstadt Hannover auf die Stadt Neustadt am Rübenberge bestand damals wie heute. Die Polizeidirektion Hannover wurde im Jahre 1809 gegründet. Hannover bestand damals aber nur aus der „Altstadt" und der

„Calenberger Neustadt" und hatte etwas über 20.000 Einwohner. Neustadt am Rübenberge zählte damals unter 2000 Einwohner.

Die Polizei war zu dieser Zeit einerseits eine innerstädtische Einrichtung für Hannover und eine innerstädtische Einrichtung für Neustadt, andererseits aber auch eine staatliche Einrichtung. Allerdings konnte bei der Aufklärung von Verbrechen die Polizeidirektion Hannover auch außerhalb der Stadt Hannover, so auch in Neustadt, tätig werden. In diesem Fall war allerdings besondere Rücksicht geboten:

*Jenseits der Stadtgrenze tritt sie aber nicht immer als Autorität ins Mittel, sondern verhütet, benachrichtigt, warnt, oder verfügt, wie es ihr nützlich und zweckmäßig erscheint, ohne sich durch solche Maßregeln in fremde Verwaltungssachen zu mischen; oder Privat- und häusliche Verhältnisse auf unzarte Weise zu nahe zu treten.*

Die rechtsprechende Gewalt im hiesigen Bereich wurde zur damaligen Zeit von fünf Untergerichten wahrgenommen, und zwar in den Städten Neustadt und Wunstorf sowie bei den Ämtern Neustadt, Blumenau und Ricklingen (heute Schloß Ricklingen).

In unserer heutigen Demokratie gehört die Polizei – das ist die Schutz- und Kriminalpolizei - zur vollziehenden Gewalt im Staat. Sie hat die Aufgaben, die öffentliche Sicherheit und Ordnung zu gewährleisten oder wiederherzustellen, strafbare und ordnungswidrige Handlungen zu erforschen, Gefahren abzuwehren, aber auch den Straßenverkehr zu überwachen.
Dafür gibt es gewachsene polizeiliche Strukturen. Heute sind Polizeivollzugsbeamte in der Fläche in Polizeikommissariaten, vormals Polizeirevieren und Polizeistationen, präsent. In wenigen Minuten ist die Polizei am Ort des Geschehens und leistet umfänglich Hilfe in jeglicher Form.

In der Zeit, über die ich im Weiteren berichte, nämlich die Jahre zwischen 1820 und 1840, war dies keineswegs so!

Neustadt und Umgebung war in Ämter organisiert. Wie in den meisten deutschen Staaten wurden Gendarmerien zu Pferd und zu Fuß gebildet. Sie versahen unter verschiedener Benennung - wie Land-gendarmen oder Polizeihusaren – vorzugs-weise den Polizeidienst auf dem flachen Lande. Im hannoverschen Bereich waren es die Königlichen Landdragoner. Sie waren die damaligen „Fahnder".

Als Stadtführung hatte Neustadt damals einen Magistrat, bestehend aus dem Bürgermeister und zwei Senatoren. Angestellt waren ein Polizeidiener, ein Feldhüter und mehrere Nachtwächter.
Einer meiner Vorfahren, mein Urgroßvater August Henze, Jahrgang 1877, war noch in jungen Jahren Nachtwächter in Neustadt.
Der Nachtwächter ging nachts durch die Straßen und Gassen der Stadt und sorgte dabei für Ruhe und Ordnung. Zu seinen ursprünglichen Nachtwächteraufgaben gehörte auch die Warnung der schlafenden
21

Bürger vor Feuer, Feinden und Dieben. Er hatte auch das Recht, verdächtige Personen, die nachts unterwegs waren, anzuhalten, zu befragen und notfalls zu verhaften. Zum Teil würde man heute von der Wahrnehmung polizeilicher Aufgaben sprechen.

Obwohl er eine wichtige Tätigkeit in der Stadt ausführte, gehörte der Nachtwächter zu den „unehrlichen" Berufen und lebte daher in sehr bescheidenen Verhältnissen.

Als mein Urgroßvater hoch betagt 1965 verstarb, befanden sich in seinem Nachlass alte Schriften, Steckbriefe und sogenannte Signalements, die verpackt und verschnürt erst einmal auf dem Dachboden verschwanden.

Erst viel später, und sicherlich auch meinem Beruf geschuldet, fand ich bei näherer Sichtung die Lektüre sehr spannend. Zwangsläufig verglich ich das aufgeschriebene Damalige mit den heutigen Taten. Ich fand es zu schade, diese Kriminalität nicht öffentlich zu machen. Die Straftaten zeichnen vor allem nämlich auch die damaligen Lebensumstände, die kleinbürgerlichen Verhältnisse auf dem Land und die wirtschaftlichen Situationen nach. Sie erlauben Einblicke in damalige Zeitumstände, wie sie aus den Geschichtsbüchern nicht zu erhalten sind. Man gewinnt nicht nur ein sehr plastisches Bild von den Ermittlungen, sondern erhält eindrucksvolle Einsichten in das Leben der einfachen, ungebildeten, weitgehend mittellosen Leute. Sie machten einen nicht geringen Teil der damaligen Einwohnerschaft aus. Deren Dasein bestand meist nur in der kargen Befriedigung anspruchsloser Bedürfnisse.

Eine Auswahl mit den authentisch handelnden Personen habe ich im Folgenden zusammengestellt. Die präzisen Tatorte und die Namen der Täter wurden aus Rücksicht auf Nachfahren allerdings verändert.

## 3. Kriminalfälle zwischen 1820 und 1840

## 3.1. Erschlagen aus der Leine gezogen

Wie bereits erwähnt, gehörten zur Polizeidirektion Hannover nur die „Altstadt" und die „Calenberger Neustadt". Die heutigen Stadtteile Linden und Limmer waren selbstständige Ämter beziehungsweise Vogteien. Ihr dörflicher Charakter entsprach mehr den benachbarten Ämtern wie Neustadt und Wunstorf, zu denen der Kontakt und die Verknüpfungen, auch hinsichtlich von Kriminalfällen, viel intensiver waren.

So ein Fall beschäftigte die Vogtei Limmer im Jahre 1820, als aus der Leine ein Ermordeter geborgen wurde. Der Bericht lautete wie folgt:

*Amt Hannover, Vogtei Limmer, den 20. Mai 1820*
*Der hiesige Tischlermeister Heinrich August Grotegut, welcher seit dem 3. April d. J. vermisst war, ist am 28. v. M. unter der Limmer Brücke unweit des königlichen Schlosses Herrenhausen in der Leine durch Zerschmetterung des*

*Kopfes und eine Schnittwunde im Halse ermordet gefunden.*

Für die ermittelnde Behörde stellten sich etliche unbeantwortete Fragen, die sie an die umliegenden Ämter richtete. Zur besseren Einordnung des Fundzeitpunktes sind außergewöhnliche Ereignisse für eventuelle Zeugen von Bedeutung. So ein besonderes Ereignis war in Hannover der große Viehmarkt. Hunderte Verkäufer, Käufer und Schaulustige kamen aus der ganzen heutigen Region zusammen. Hohe Geldbeträge waren dort im Umlauf. Das Ereignis zog natürlich auch Rechtsbrecher an.

*Für die eingeleitete Untersuchung ist es von großer Wichtigkeit zu erfahren, mit wem derselbe in der letzten Zeit vor seinem Verschwinden verkehrt habe, und ob derselbe am 3. April d. J. (den Tag nach dem Hannoverschen Viehmarkte) nach 9 Uhr Morgens noch irgendwo wahrgenommen sey, und werden alle diejenigen, welche hierüber oder über sonst einen Umstand aussagen könnten der zur Entdeckung oder Ueberführung des Thäters führen*

25

*dürfte und solches bisher noch nicht gethan haben, hiermit aufgefordert, davon bei hiesigem Amte unverzüglich Anzeige zu machen.*

Es liegen keine Erkenntnisse vor, ob das Verbrechen aufgeklärt werden konnte.

## 3.2. Fußläufige Diebe unterwegs

Neben der Heimsuchung von überwiegend örtlichen Tätern im Bereich Eigentums-delikte, werden in Gegenden mit günstigen Verkehrsanbindungen gelegentlich auch überörtliche, reisende Diebe tätig. Erleben wir dies heute bei unserer Mobilität im Bereich von Autobahnen, natürlich auch wegen der schnellen Fluchtwege, waren es früher Handelswege zwischen größeren Städten, aber auch Pilgerwege zu Klöstern. Gar nicht so Gläubige, unter Vortäuschung von fahrenden Handwerkerburschen auf der Walz oder Wunderheiler, bereicherten sich durch Straftaten.

Von Hannover nach Bremen waren damals zwei „fußreisende", gut gekleidete Täter ebenfalls unterwegs, die auch einen Abstecher Richtung Kloster Mariensee unternahmen:

*Amt Neustadt, den 28. November 1825*
*Am 19. November ist dem Anbauer Dietrich Overheyde, zu Basse, eine silberne zweigehäusige Taschenuhr gestohlen, welche daran kenntlich ist,*

dass sie einen messingnen Bügel hat. Auf dem Zifferblatte stehen römische Zahlen. Die Zeiger sind gelb. Die Feder, welche zum Schließen des zweiten Gehäuses dient, ist schwach. Inwendig ist auf der Kapsel der Unruhe ein messingner Haken, weil die Kapsel einmal früher verletzt war.

Dringender Verdacht fällt auf zwei Fußreisende, welche angeblich Medicin in ihrer Rocktasche trugen und ein Pulver als Arzneimittel angeboten haben. Sie sind des Wegs von Suttorf gekommen und haben angeblich nach Bremen reisen wollen. Sie trugen kein Felleisen, waren von schlanker Statur, der Kleine mit einem grauen mit schwarzen Kragen versehenen Kleidrock und grauer Hose und rothen Streifen daran bekleidet. Beide hatten Kappen mit kleinen Schirmen. Dem Anscheine nach sind sie zwischen 20 und 30 Jahre alt. Der Größere hat braune Augen gehabt. Sie haben feine zweinähtige Stiefeln getragen und ihr Anzug ist so fein gewesen, dass sie einem höheren Stande als dem der Handwerks-burschen anzugehören geschienen haben. Sie sind auf

*Umwegen Abends auf Mariensee zugegangen.*
*Alle Civil- und Militair-Behörden werden gehorsamst ersucht, auf oben beschriebene Personen und die gestohlene Uhr vigiliren zu lassen und wegen Arretirung der Personen und Beschlagnahme der Uhr und deren Anherschaffung das Nöthige zu verfügen.*

Früher wie heute ist es besonders schwierig, überörtlicher Täter habhaft zu werden. Die Fahndung blieb auch im Bereich Amt Neustadt ohne Erfolg.

### 3.3. Aus Entbindungshaus geflüchtet

Von den Begriffen Moral, Sitte und Anstand
haben wir heute sicherlich andere Vorstellungen als im Jahre 1828. Wegen
gewisser Ausschweifungen kam man schon
in Untersuchungshaft, so eine junge Frau
aus Mariensee, die hochschwanger war:

*Die unten signalisierte Marie G. aus
Mariensee, welche im Amt Neustadt
am Rübenberge wegen wiederholt
begangener Ausschweifungen in
Untersuchung war, hat sich am 1. d. M.
heimlich aus dem königlichen
Entbindungshause hieselbst, wohin sie
wegen vorgerückter Schwangerschaft
gebracht worden war, entfernt.*

*Da nun an der Wiederhabhaftwerdung
dieser höchst schädlichen Person sehr
gelegen ist, so werden die Behörden und
königlichen Landdragoner ersucht, auf
dieselbe genau achten zu lassen, sie im
Betretungsfalle anzuhalten und unter
sicherer Begleitung an die
unterzeichnete Behörde abliefern zu
lassen.*

30

*Marie G. ist 28 Jahre alt, 5 Fuß 4 Zoll groß, hat eine untersetzte Statur, braune Haare, braune Augenbrauen, ovales, volles Gesicht, runde und freie Stirn, blaue Augen, gewöhnliche Nase, kleinen Mund, rundes Kinn, gesunde Gesichtsfarbe. Besondere Kennzeichen: weit vorgerückte Schwangerschaft.*

*Bekleidet war die G. bei ihrer Entweichung mit einem schwarzen Überrock von Levantine und einem bunten Kleide. Auch trug sie einen großen Aufstecke-Kamm und künstliche Locken.*

Marie G. wurde im Amt Neustadt am Rübenberge nicht mehr gesehen.

31

### 3.4. Fünf Mörder auf der Flucht

Im Amt Stolzenau hatten fünf Männer gemeinschaftlich einen heimtückischen grausamen Mord begangen. Sie wurden alle zu lebenslanger Haft verurteilt. Zur Verbüßung ihrer Haftstrafe wurden sie weit weg unter erschwerten Bedingungen in einer Anstalt in Frankfurt am Main untergebracht. Sie hatten während der Haft weiterhin Kontakt zu einander und verabredeten einen gemeinsamen Ausbruch, der auch gelang:

*Amt Stolzenau*
*Die in der freien Stadt Frankfurt eingesessenen höchst gefährlichen Mörder Conrad V. von hier und Ernst Wilhelm S., ein Buchdruckergeselle, aus dem Amt Wölpe, auch Georg Carl Ernst Ludwig Wilhelm R. von hier, Franz Carl H. von W. und Johannes E. aus N. N., sich nennend, sind vergangene Nacht aus ihren Arresten durchgebrochen. Da nun an der Wiederergreifung dieser Individuen sehr viel gelegen ist: so ersuchen wir sub obl. reciproci alle Behörden, auf*

*dieselben genau invigiliren, sie betretenden Falls anhalten und uns davon Nachricht zugehen zu lassen.*

Aufgrund der Gefährlichkeit der Verurteilten wurde ausnahmsweise eine hohe Belohnung zur Wiederergreifung ausgelobt.

*Zugleich wird demjenigen, welcher obgedachte Verbrecher zur Haft bringt, eine Belohnung von fünfzig Gulden für jeden derselben zugesichert.*
*Polizei-Amt                Frankfurt*
*18. Dezember 1828*

Zwei Monate später kam die Erfolgsmeldung und Rücknahme der Fahndung:

*In Folge einer Mittheilung des Herzoglich Braunschweig-Lüneburgschen Districtgerichts zu Braunschweig, wurden vormalige Verbrecher arretirt und an gedachtes Gericht abgeliefert: so wird dieser Steckbrief als erledigt hiermit zurückgenommen.*
*Königliche Polizei-Direction Hannover*

33

Die verurteilten Mörder unternahmen im Laufe der Zeit noch weitere Ausbruchsversuche, die aber alle scheiterten. Haftverschonung gab es für sie nicht. Sie saßen bis zu ihrem Lebensende ein.

### 3.5. Sie kamen aus der Dunkelheit

*Amt Blumenau, den 25. Januar 1829*
*Nach der geschehenen Anzeige ist am*
*8. v. M. abends auf der Heerstraße*
*zwischen Wunstorf und Neustadt*
*hinter Poggenhagen nach dem*
*Bombardier Carl Crone aus*
*Poggenhagen geschossen worden.*
*Wegen der Dunkelheit hat derselbe den*
*Thäter aber gar nicht genau sehen und*
*deshalb eine Beschreibung der Person*
*eben so wenig ertheilen können, als der*
*Schneider Lüdeking, dem beinahe in*
*derselben Gegend zwei unbekannte*
*schnell gehende Mannspersonen in der*
*Gegend von Liethe entgegengekommen*
*sind. Nach der Meinung des Schneiders*
*Lüdeking hat der eine Kerl einen*
*Oberrock und Hut und der andere eine*
*Jacke und runde Kappe getragen.*

Die damalige Heerstraße - heute ist es die
stark frequentierte Strecke Leinechaussee
oder Kreisstraße 333 - war die Haupt-
verbindung zwischen Neustadt und
Wunstorf. Auf Grund des jährlichen Hoch-
wassers war sie in einem feldwegartigen,

35

aufgeweichten Zustand, der nur beschwerlich von den Pferdefuhrwerken, den Reitern und zu Fuß zu durchziehen war. Dortige Ansiedlungen waren weit voneinander entfernt. Möglichkeiten des Auflauerns für die Begehung von Straftaten, vor allem in stockfinsterer Dunkelheit, waren günstig und die Wahrscheinlichkeit, von Zeugen beobachtet und erwischt zu werden gering. Trotz allem war es doch schon eine Dreistigkeit, an der dortigen Leine Passanten aufzulauern und mit Schusswaffen zu bedrohen. Aber es kam noch schlimmer, die Straßenräuber schlugen erneut zu:

*Nach der vom Königlichen Amte Neustadt erhaltenen Anzeige ist nun beinahe an derselben Stelle der Lehrling Wilhelm Behrens aus Neustadt am 17. d. M., abends zwischen 6 und 7 Uhr von zwei Kerlen wieder straßenräuberisch angefallen, gemißhandelt, und sind ihm 4 Gulden geraubt worden.*
*Derselbe versichert, dass der eine Kerl einen blauen Oberrock, der andere aber eine blaue Jacke getragen habe.*
*Der Kerl, welcher den Oberrock angehabt, habe unter demselben eine*

36

am Leibe herunterhängende Flinte getragen, der andere mit der Jacke bekleidete Kerl habe unter derselben eine Pistole gehabt.

Beide Kerle hätten lange blaue Beinkleider getragen, er habe jedoch nicht bemerken können, ob ihre Kleidungsstücke von Tuch, anderem wollenden Zeuge oder Leinen gewesen wären.

Beide Kerle sollen ausgezeichnet groß und stark gewesen sein, der eine soll eine gewöhnliche Kappe mit einem breiten Deckel und einem Schirme, der andere eine runde Kappe mit einem Schirme getragen haben. Diese runde Kappe soll von der Art gewesen sein, dass das Hintertheil in den Nacken und über die Ohren hat niedergeklappt werden können, und soll der Räuber die Mütze, die nach der Meinung des Beraubten mit Rauhwerk besetzt gewesen, auf die erwähnte Art niedergeklappt getragen haben.

Die skrupellosen Gewalttäter waren bei diesem weiteren Überfall nun erfolgreich. Offensichtlich bestärkte sie dies, denn sie setzten ihr Unwesen erbarmungslos fort:

Nachdem diese Räuber den genannten Behrens entlassen, ist dieser gleich weiter den Weg nach Neustadt hin geeilt.

Nach der ferner geschehenen Anzeige ist bald darauf denselben Weg der Müllergeselle August Schlüter aus Neustadt zu Pferde passiert; dieser will nicht nur an derselben Stelle, wo der genannte Behrens beraubt ist, zwei unbekannte Kerls gesehen haben, sondern behauptet auch, dass der eine ihn angeredet habe mit der Aufforderung sachte zu reiten, indem er ihm etwas sagen wolle. Als er zur Seite gesehen, will er bemerkt haben, dass der

andere Kerl eine Flinte auf ihn angelegt und nach ihm gezielt habe, glaubt auch darauf gehört zu haben, dass die Flinte abgedrückt sei, und sei er deshalb eiligst weggejagt.

Bald darauf hat er den erwähnten Behrens getroffen und auf dem Pferde mit nach Neustadt genommen.

Nach den Anzeigenaufnahmen wurden Ermittlungsansätze und Tatzusammenhänge nach den zu Fuß Flüchtigen gesammelt.

*Die Räuber haben in hochdeutscher Sprache gesprochen und ist nach der geschehenen Anzeige die Anrede an den Bombardier Crone fast dieselbe gewesen, wie die an den Müller Schlüter.*

Mit der Ausschreibung der Taten wurde die Fahndung eingeleitet.

*Obgleich das hiesige Amt nicht im Stande ist, genaue Bezeichnungen der Räuber zu ertheilen: so werden doch die geschehenen Anzeigen öffentlich bekannt gemacht mit dem Gesuche, auf die der verübten Verbrechen verdächtigen Personen zu achten und sie im Betretungsfalle zu verhaften.*

Nach weiteren Recherchen konnte die Überfallserie nicht aufgeklärt werden. Sie wurde aber offensichtlich von den Tätern auch nicht fortgesetzt.

### 3.6. Wahrer „Tatort" in den Nachbardörfern

Über einen grotesken Kriminalfall aus dem Jahre 1829, geschehen im Amt Neustadt am Rübenberge am 08. November, wird wie folgt berichtet:

*Dem Halbmeier Christian M. zu Frielingen wurde in der letzten Nacht aus dem unverschlossenen Stalle im Wohnhaus ein Pferd nebst einem gewöhnlichen Trensenzaume von schwarzen Leder gestohlen. Der Verdacht, die Tat begangen zu haben, fiel auf den Maurer Friedrich M. aus Schloß Ricklingen, der am Abend in dem Hause des Bestohlenen gewesen und nicht, wie er zu tun geäußert hatte, in der verwichenen Nacht nach Schloß Ricklingen zurückgekehrt war.*

*Alle obrigkeitlichen Behörden und die königlichen Landdragoner werden deshalb gezielt ersucht, auf das nachbeschriebene Pferd und dessen verdächtigen Besitzer, namentlich auch den in Verdacht genommenen M., zu* vigilieren, dieselben im Betretungsfalle anzuhalten und dem Amt Neustadt am Rübenberge Nachricht davon zu erteilen.

Das gestohlene Pferd wurde folgendermaßen beschrieben:

*Fuchswallach, etwa 8 Jahre alt, 5 Fuß hoch, mit Blässen und weißem linken Hinterfuße, roten Mähnen und Schweif, gut im Stande.*

Der in Verdacht Genommene wurde wie folgt bezeichnet:

*Friedrich M. aus Schloß Ricklingen, Maurer von Profession, 18 Jahre alt, 5 Fuß 6 Zoll groß, von schlanker Statur, hat blonde Haare, blaue Augen, schieres rundes Gesicht, gesunde Gesichtsfarbe, noch keinen Bart.*
*Bekleidet mit einem Oberrock von blauem schon etwas abgeblichenen Dreischlag, Beinkleidern von gleichem Zeuge über die Stiefeln und einer Kappe von blauem Tuche mit ledernen Schirm.*

Zwei Tage später:

*Am 10. November wurde der Leichnam des mittelst Steckbrief verfolgten Friedrich M. in Bordenau an der Leine, zum Teil verscharrt, von königlichen Landdragonern aufgefunden. Der Gesuchte war grausam erschlagen worden.*

Wiederum 2 Tage später:

*Mit dem gestohlenen Pferde angetroffen und von der königlichen Polizeidirektion in Hannover verhaftet wurde am 12. November der zu acht Jahren Karrenschiebenstrafe verurteilte Karrengefangene Johann-Friedrich W. aus Otternhagen.*

*Ihm war es zuvor gelungen, am 9. Oktober 1829 aus der Arbeit zu entfliehen, ohne dass man bis jetzt im Stande gewesen war, sich desselben wieder zu bemächtigen. Man hatte das Signalement des Entwichenen mit dem gehorsamsten Ersuchen zur* allgemeinen Kenntnis gebracht, demselben möglichst nachzuspüren und ihn im Betretungsfall zu arretieren und wohlverwahrt zurückzusenden.

Als Johann-Friedrich W. nachts in der Leineniederung zwischen Bordenau und Schloß Ricklingen, wo er sich versteckt hielt, bei frostigen Temperaturen dem diebischen Maurer Friedrich M. begegnete, erschlug er ihn mit einem Feldstein und beraubte ihn des Pferdes.

In der Vernehmung gab er an, dass er mit dem Pferde nach Hannover wollte, da er den Traum hatte, im hannöverschen Regiment als Gardejäger ein neues Leben beginnen zu können.

W. schied 21jährig nach vermeintlichem Erkennen seines unwerten Lebens durch Erhängen in der Haft ins Jenseits. Die Beisetzung fand ohne Anhang statt.

14 Tage später gedachte die Magd Ida W. am Grab des Raubmörders ihres Sohnes. Sie

hatte am Tag der Beisetzung ihr elftes Kind geboren.

Ida W. war in sehr jungen Jahren nach kurzer Liaison vom Vollmeier Dietrich H. geschwängert worden und hatte das Kind Johann-Friedrich verstoßen. Der Junge arbeitete auf Höfen in Scharnhorst, Metel und Scharrel, fristete dort ein ärmliches Dasein und beging wiederholt Straftaten.

Johann-Friedrich W. wurde allein in eine Welt, die sich für ihn auf die Dörfer und Höfe des Amtes Landestrost beschränkte, hineingeboren, ohne Hoffnung zu haben, aus diesem festen Gefüge jemals ausbrechen zu können.

Er ergab sich diesem Schicksal nicht, konnte aber aufgrund seiner Hilflosigkeit nur durch Straftaten „aufschreien". Nur ganz wenige wussten, dass Johann-Friedrich W. gelebt hat, vermisst wurde er nicht.

## 3.7. Einsteigen durchs Fenster

Sich im Schutz der Dunkelheit eines Grundstücks zu nähern und durch ein Fenster, mit der Absicht Beute zu machen, einzusteigen, gab es auch schon vor zwei Jahrhunderten. Die Sicherungen von Tür und Fenster waren sehr viel einfacher als heute. An der Vorgehensweise der Täter hat sich aber wenig geändert.

*Amt Ahlden, den 10. Februar 1830*
*Der Dienstknecht Friedrich C. hat bei nächtlichen Einsteigen in ein Fenster dem Pensionair-Wachtmeister Schrader zu Gilten einige Thaler Geld entwendet.*

Vom Polizeidiener des Amtes konnte der Beschuldigte ermittelt werden. Da - so würden wir heute sagen - keine Haftgründe vorlagen, wurde er nicht sofort inhaftiert. So musste er auf seinen Gerichtstermin warten. Diese Zeit nutzte der Dienstknecht jedoch, um sich „aus dem Staub" zu machen.

*Derselbe hat sich aber, ehe er zur gerichtlichen Untersuchung gezogen, auf flüchtigen Fuß begeben und ist dessen Aufenthalt, ungeachtet der Nachforschung durch die Landdragoner, bis jetzt unbekannt.*

Nach ihm wurde nun gefahndet. Die Behörden suchten auch überörtlich.

*Es werden daher alle betreffenden Behörden ersucht, die Königlichen Landdragoner aber aufgefordert, auf denselben zu achten, ihn im Betretungsfalle zu verhaften und hierher liefern zu lassen.*

Schon wenige Wochen später hatte die Fahndung nach dem Wohnungseinbrecher Erfolg. In Hannover wurde er erwischt, allerdings kam er nicht freiwillig mit, sondern leistete bei der Festnahme Widerstand. Aus der zusätzlichen Fahndungsarbeit hatten die Behörden nun gelernt, sodass der Beschuldigte gleich in Haft genommen wurde und in einer Einzelzelle auf seinen Termin warten musste.

*Hannover, den 24. Februar 1830*
*Der vom Königlichen Amte Ahlden mit*
*Steckbrief wegen eines im dortigen*
*Amte begangenen Diebstahls verfolgte*
*Friedrich C., von hier, ist von*
*unterzeichneter Behörde nach*
*Verfolgung und Widerstand zur Haft*
*gebracht; welches hierdurch, zur*
*Erledigung der obigen*
*Bekanntmachung, zur Kenntniß*
*gebracht wird.*
*Königliche Polizei-Direction Hannover*

Der Dienstknecht wurde zu zwei Jahren
„Karren(schieben)strafe" verurteilt. Eine
harte Strafe, die in der Regel körperliche
Spätfolgen hatte. Die „Karrenstrafe", eine
Arbeits- und Freiheitsstrafe, war im
ausgehenden 17. Jahrhundert statt der
Leibesstrafe eingeführt worden und wurde
im 18. Jahrhundert eine weit verbreitete
Strafe. Die verurteilten Straftäter mussten
im Steinbruch sowie Festungs- und
Straßenbau die schweren Karren mit den
Steinen ziehen.

Frauen natürlich nicht: Sie wurden
stattdessen bei der Straßenreinigung
eingesetzt. (Übrigens: Auch im modernen
47

Strafvollzug können zumeist Jugendliche ihren Arrest durch gemeinnützige Arbeit ableisten.)

### 3.8. Der Kasper Hauser von Neustadt

*Amt Neustadt am Rübenberge, den 24. April 1831*

*Es hat sich am 6. April d. J. hieselbst ein junger Mensch eingefunden, der entweder wegen eines Verbrechens Wohnort und Herkommen verheimlicht oder, was bei einer sehr genauen mehrfachen Prüfung wahrscheinlich wird, sich seit seiner frühesten Jugend von einem Orte zum anderen bettelnd weit herumgetrieben und sein Daseyn auf diese Weise kümmerlich erhalten hat.*

*Wir ersuchen daher, alle Behörden gehorsamst, falls von diesem unten beschriebenen Menschen etwas bekannt seyn sollte, uns davon baldmöglichst Nachricht zu ertheilen.*

*Signalement.:*

*Alter – 15 bis 18 Jahr,*

*Größe - 4 Fuß 8 Zoll,*

*Kopf - ungewöhnlich groß gegen den Körper,*

*Haare - hellbraun,*

*Gesicht - lang,*

*Augen – grau-greis,*

*Nase – lang, dick,*

*Mund – groß,*
*Zähne – gesund, der zweite Backenzahn*
*auf der rechten Seite fehlt,*
*Gesichtsfarbe – gelb ohne Röthe,*
*Kleidung -weißes leinenes Camisol,*
*blaue Weste, weißes Leinwand-*
*Beinkleid, Schuhe mit Bändern.*

Das Aufgreifen eines Jugendlichen, dessen Name und Herkunft unbekannt ist, kann man sich unter heutigen Bedingungen nicht vorstellen. Unter den früheren Zuständen, ohne Einwohnermeldeamt, erkennungsdienstlichen Behandlungsmöglichkeiten usw. offensichtlich schon. Dieser Fall ist aber spektakulär und zieht einen in den Bann, denn es sind erschütternde Angaben:

*Dieser Mensch erklärt seine Mutter nie*
*gekannt zu haben, mit seinem Vater*
*aber so lange er denken könne stets von*
*einem Orte zum anderen herumgezogen*
*zu seyn, wobei sie bloß vom Betteln*
*gelebt; den Namen seines Vaters kennt*
*er nicht, er sei aber von demselben*
*Wilhelm genannt; habe mit seinem*
*Vater eines Nachts in einer*
*Heuscheune geschlafen und wie er*
*erwacht, denselben todt gefunden. Er*

sei sofort weggelaufen und habe sich ferner durch Betteln von einem Orte zum anderen ernährt.

Es weiß derselbe keinen Ort mit Namen zu nennen, wo er gewesen, auch keines Menschen Namen anzugeben.

Von Gott und seiner heiligen Schrift hat derselbe, seine Angabe nach, nie etwas gehört, wohl aber, dass die Hölle mit Pech und Schwefel geheizt werde, ohne jedoch angeben zu können was er unter Hölle verstehe; den Unterschied zwischen Bösem und Gutem kennt er nicht, behauptet aber wohl zu wissen, dass er nichts wegnehmen dürfe, weil er dann hingesetzt werde und nicht betteln könne.

Er kennt einige Buchstaben, die er von den Kindern der Bauern, welche ihn des Nachts beherbergt, gelernt haben will, kann jedoch nicht lesen, kennt auch keine Zahlen; es ist daher auch wahrscheinlich, dass er nie in die Schule gegangen ist.

Handarbeiten der Landleute sind ihm unbekannt, jedoch hat er solche bald begriffen, wenn er darin unterwiesen ist.

Sein Körper zeigt, dass ihm gehörige Nahrung gemangelt, indem sein Kopf *und seine Hände gegen den übrigen Körper ungewöhnlich groß sind.*

*Er spricht ein Plattdeutsch, wie solches in der Leine-/Wesergegend von Mandelsloh, Rodewald und Nienburg geredet wird, will auch mehrmals über ein Wasser mit einem Schiff gefahren seyn, ohne jedoch das Wasser nennen zu können.*

So unwahrscheinlich die Angaben des Jungen klingen, die Mitarbeiter des aufnehmenden Amtes glauben ihm offensichtlich und begründen dies folgendermaßen:

*So unwahrscheinlich diese Angabe erscheint, so bekommt solche doch einen Grund von Glaubwürdigkeit, da dieser Mensch durchaus nicht dumm ist, eine große Unbefangenheit und durchaus keine gaunerische Verschlagenheit zeigt; sich auch obgleich er über 14 Tage sehr aufmerksam beobachtet ist und ihm sehr viele Fragen, ohne dass er darin den Zweck einer Untersuchung bemerken konnte, vorgelegt sind, doch nie widersprochen, auch ihn die Erklärung, dass sein Hierseyn bekannt gemacht werden solle und es sich gewiß ergeben würde, wenn er irgendwo entlaufen sei, durchaus nicht beunruhigt, er auch sich zum Dienen bei den Bauern, ohne dass er angehalten oder arretirt worden, freiwillig gemeldet hat, weil er keine Lust mehr hat zu betteln.*

Die Behörden konnten trotz intensiver Bemühungen keine weiteren Erkenntnisse über den aufgegriffenen Jungen gewinnen.
Er fand Arbeit bei einem Neustädter Bauern, der keine Kinder hatte. Wilhelm lernte schnell und war äußerst fleißig. Einige Jahre später heiratete er die Tochter vom Nachbarhof. Es wird gesagt, dass der gemeinsame Sohn auswanderte, sich ein Vermögen erarbeitete und später mit seiner Familie als reicher Mann nach Deutschland zurückkehrte.

Beim Lesen dieses Geschehnisses wird man unweigerlich an den Fall Kaspar Hauser erinnert, der drei Jahre vorher weltweit für Aufsehen sorgte. Am 28. Mai 1828 tauchte in Nürnberg der rätselhafte Kaspar Hauser auf. Nach fünf Jahren, am 14. Dezember 1833, endete durch Mord oder Selbstmord in Ansbach sein Leben. Im Hofgarten zu Ansbach, an der Stelle, wo er den tödlichen Stich erhalten haben soll, steht ein Denkmal mit der Aufschrift: „Hic occultus occulto occisus est." (Hier ist ein Geheimnisvoller von einem Geheimnisvollen getötet worden.) und auf seinem Grabstein liest man: „Hic iacet Kasparus Hauser. Aenigma sui temporis Ignota nativitas. Occulta mors." (Hier ruht Kasper Hauser. Ein Rätsel seiner Zeit. Unbekannt die Herkunft. Geheimnisvoll der Tod.).

Der Ausgang der Ereignisse um den unbekannten Neustädter sind gegenüber dem Fall Kasper Hauser viel erfreulicher. Mit einer gewissen Erschütterung nimmt man die Begebenheit in unserer Nähe aber doch auf.

## 3.9. Aus dem Arbeitshaus geflüchtet

Die Straftatbestände unserer heutigen Zeit unterscheiden sich sehr von denen aus der Zeit zwischen 1820 und 1840. Einige damalige hörten sich schon recht „abenteuerlich" an, wie „vagabundieren" oder „ausschweifender Lebenswandel", wofür man in einem Arbeitshaus zu Zwangsarbeit verurteilt werden konnte. Dies ist aber noch unter den Vorzeichen der napoleonischen Epoche zu betrachten, als das sogenannte „Gauner- und Bettlerwesen" intensiv bekämpft wurde, das sich vor allem auf dem „platten" Lande erheblich ausbreitete.

Auch zwei junge Mädchen und ein Mann aus Osterwald wurden wegen derartiger Delikte bestraft, zogen es aber dann doch vor, „das Weite zu suchen". Hier das Fahndungsersuchen des Amtes Ricklingen, heute Schloß Ricklingen:

Amt Ricklingen, den 13. November 1832
Die unten signalisierten drei Zwangsarbeiter: Friedrich D., Marianne H. und Adolphine K., sämtlich aus Osterwald, welche wegen Vagabondirens und ausschweifenden Lebenswandels in das hiesige Arbeitshaus aufgenommen waren, sind am gestrigen Tage aus demselben entwichen und haben den Verdacht auf sich geladen, ein rothbundes cattunenes so wie ein rothes wollenes Tuch entwendet zu haben.

Es werden daher die resp. Behörden und die Königl. Landdragoner ersucht, auf dieselben genau achten zu lassen und zu achten, sie im Betretungsfalle anzuhalten und an die unterzeichnete Behörde abzuliefern.

Königliche Polizei-Contmission

Signalement
des Zwangsarbeiters Friedrich D.,
Alter – 28 Jahre,
Größe – 5 Fuß 6 Zoll Calenb. Maß,
Statur – klein,
Haare – blond,
Stirn – frei,
Augen – blau,
Nase – gewöhnlich,

Mund – desgl.,
Kinn – rund, etwas breit,
Gesicht – oval,
Gesichtsfarbe – blaß,

Besondere Kennzeichen – kahler Scheitel,
Kleidung – Beiderwand-Camisol, leinene Hose, Pantoffeln, schwarze Weste, schwarze Tuchkappe.

der Zwangsarbeiterin Marianne H.,
Alter – 22 Jahre,
Größe – 5 Fuß 5 Zoll,
Haare – schwarz,
Stirn – rund,
Augenbrauen – schwarz,
Augen – blau,
Nase – etwas breit,
Mund – gewöhnlich,
Kinn – spitz,
Gesicht – oval,
Gesichtsfarbe – gesund,
Kleidung – Camisol und Rock von hellem Frieß, roth-carrirtes Halstuch mit Fransen, Schuhe und Strümpfe, Aufsteckekamm.

*der Zwangsarbeiterin Adolphine K.,*
*Alter – 16 Jahre,*
*Größe – 5 Fuß 5 Zoll,*
*Haare – blond,*
*Stirn – rund,*
*Augenbrauen – blond,*
*Augen – grau,*
*Nase – klein, etwas aufstehend,*
*Mund – etwas aufgeworfene Lippen,*
*Kinn – spitz,*
*Gesicht – länglich,*
*Gesichtsfarbe – gesund,*
*Statur – schlank,*
*Kleidung – blaugestreifter cattuner Oberrock, Camisol und Rock von Beiderwand, Pantoffeln, baumwollene Strümpfe, rothbunt cattunes Halstuch, Aufsteckekamm.*

Es ist nicht belegt, ob man ihrer wieder habhaft wurde.

## 3.10. Mit reicher Beute angetroffen

Bei Menschen, die bei keinem Einwohnermeldeamt registriert sind, sprechen wir von Personen, die keinen festen Wohnsitz haben. Früher bezeichnete man sie als Vagabunden. Diese Nichtsesshaften fristeten ihr Dasein oft mit Gelegenheitsdiebstählen. Heute würden sie als Serieneinbrecher bezeichnet. So ein Vagabund wurde in Schneeren auf frischer Tat festgenommen, um am nächsten Tag gleich wieder zu entwischen. In Hannover wurde er dann aber erneut verhaftet.

*Amt Neustadt am Rübenberge, den 29. August 1834*

*Ein Vagabund, der am 27. d. M. in Schneeren bei einem Versuche, am hellen Tage mittelst Einsteigens zu stehlen, ergriffen wurde, an demselben Tage dem Gefangenenwärter entsprang, in Hannover wieder verhaftet und zurückgeliefert wurde, ist uns sehr verdächtig geworden, sich schon früher Verbrechen schuldig gemacht zu haben, teils seines vielfach veränderten Namens, teils der bei ihm gefundenen Sachen, teils seines spitzbübischen Gesichts und seines Benehmens wegen.*

Dieser, nach heutigem Sprachgebrauch, „Tageswohnungseinbrecher", war kein unbeschriebenes Blatt und hatte erhebliche frühere Eintragungen:

*In den 1832 in der Königlichen Justiz-Kanzlei zu Hannover stattgefundenen Verhören hat er sich Johann Georg Biermann, dann Johann Jürgen Hartmann, Johannes Hoffmann und zuletzt Johann-Georg Blanke, am 28. d. M. aber Johann Christoph Bruns, hier zuerst Johann Christoph Cordes zuletzt aber Duensing genannt, will 32 bis 34 Jahre alt, in Drennhausen, Amt Winsen, geboren nirgends wohnhaft sein und seit seinem 4. Lebensjahr im Österreichi-schen, in Böhmen, in Sachsen und in der hiesigen Gegend stets vagabundiert haben.*
*Er ist mittlerer Statur, hat braunes Haar, eine schmale etwas gefurchte Stirn, eine breite unten etwas narbige Nase, graubraune Augen, einen etwas*

60

*aufgeworfenen Mund, ein rundes Kinn, blasse gelbliche Gesichtsfarbe, spricht den obersächsischen Dialekt, ist ohne sonstige besondere Kennzeichen, jedoch gegenwärtig mit vielen Krätzebeulen behaftet, an welchem Übel er noch leidet.*

Da er eine Vielzahl unterschiedlicher Gegenstände, teilweise mit Wert, bei sich trug, musste man von Diebesgut ausgehen, die nun Taten zuzuordnen waren. Mit den damaligen bescheidenen Möglichkeiten ein schweres Unterfangen.

*Folgende Sachen sind bei ihm gefunden: Ein Taschenmesser mit glasiert schimmerndem weiß und rot durchscheinendem Griffe, eine weiße knöcherne Nadelbüchse, eine gewöhnliche kleine Schere und ein eben solches Feuerstahl, eine Flechte von braunem Haar (die er vor 19 Jahren im Österreichischen von einer Weibsperson, mit der er die Schweine gehütet, erhalten und seit der Zeit stets bewahrt haben will), ein kleiner rot- und weißgestreifter lederner Geldbeutel, eine Schaummütze, 16 Stück feine hannoversche 4 Heller-Stücke, sämtlich zusammengebogen, 1 Talerstück und 24 Stücke preußische Münzen, 1 hannoverschen Conv.-Gulden und ½ Heller-Stück, ein Siegelring von gelbem Metall, auf welchem sich die Buchstaben I. G. L. befinden, ein silberner dem Anschein nach vergoldet gewesener Fingerring und ein Ohrring von gelbem Metall.*

Und der erfahrene Berufsverbrecher war seiner Zeit weit voraus. Er hatte auf seinen Armen nämlich schon Tattoos.

*Auf dem inneren Teile des rechten Unterarms ist ihm mit roter Farbe ein Dreieck, darunter ein etwas kleiner Kreis, beides durch eine oben und unten verlängerte Linie senkrecht durchschnitten, eingeätzt. Darunter steht I. H. S. 1830.*
*Ebendaselbst am rechten Arme sind zwei Herzformen unter einander eingeätzt. In der oberen steht: 1833 G. H., in der unteren: A. G. W.*

Das folgende Schriftstück würde in heutiger Polizeisprache „Erkenntnisanfrage" heißen. Sprachlich angepasst und unter Benutzung der heutigen technischen Möglichkeiten hat sich an der polizeilichen Methode wenig geändert.

Wir ersuchen alle betreffenden Behörden, uns, wenn ihnen der vorbeschriebene Inculpat bekannt geworden sein sollte, die desfallsigen Nachrichten rechtsgefälligst so bald als tunlich mitzuteilen, gern uns zu gleicher Rechtshülfe erbietend.

### 3.11. Trotz Kaution auf der Flucht

Heute ist es durchaus möglich, dass Schwangere in der Haft gebären. Früher hat man davon gelegentlich Abstand genommen. Die Schwangere wurde gegen Kaution für die Geburt entlassen, so auch eine Dienstmagd aus Stöcken (Niedernstöcken bzw. Stöckendrebber):

*Amt Neustadt, den 18. Junius 1840*
*Die beim hiesigen Amte wegen Diebstahls früher in Haft und Untersuchung befindliche Inculpatin Sophie Dorothee Caroline T., Dienstmagd aus Stöcken, wurde ihrer sehr vorgerückten Schwangerschaft wegen, nach eingeholter Autorisation der Königl. Justiz-Canzlei zu Hannover, wegen Ableistung einer juratorischen Caution dahin, dass sie sich vor erledigter Sache aus der Vogtei Stöcken nicht entfernen, auch sich demnächst zur Abbußung der wieder sie erkannt werdenden Strafe allhier sistiren wolle, unterm 4. November 1839 vorläufig der Haft entlassen.*

Kaum auf freiem Fuß, hat die Schwangere aus Stöcken die Flucht ergriffen, wohl wissend, dass ihre Kaution damit hinfällig ist.

*Weil nun die Inculpatin sich trotz der geleisteten Caution sofort aus dem Amte Neustadt entfernt und ihr jetziger Aufenthalt, der angestellten Nachforschungen ungeachtet, bis jetzt hat ausgemittelt werden können: so wird deren Signalement mit dem Ersuchen zur allgemeinen Kenntniß gebracht, die Arrestation und Auslieferung der Inculpatin an das hiesige Amt möglichst befördern zu helfen.*

Sowohl Mutter als auch Kind wurden im Amt Neustadt nicht mehr gesehen.

## 4. Der Schutzmann

Die Revolution von 1848 brachte für die Polizei sowohl in den Städten wie auf dem Lande, ob im Tages- oder Nachtdienst, einen Erneuerungsprozess.

In diesem Jahr wurde ein Begriff geboren, der lange das Sinnbild für den einzelnen Beamten darstellte: DER SCHUTZMANN.

Der Begriff „Schutzmann" vermittelt heute noch die Vorstellung an einen gemütlichen und leicht korpulenten, wenn auch in bestimmten Situationen energischen und gestrengen Beamten.

In dem Revolutionsjahr wurde versucht, eine Polizei im modernen Sinne aufzubauen; „modern" damals für „liberal und bürgernah". Angesichts der Erfahrungen mit dem bürgerfremden Vollzug von Staatsautorität auf der Grundlage einer Jahrhunderte langen Erziehung zum unbedingten Gehorsam sollte nun die innere Verbindung mit dem Bürger geschaffen werden.

## 5. Der riesige Sprung in die Neuzeit

Wer hat sich etwas zu schulden kommen lassen? Wer hat gegen Regeln verstoßen? Wer hat einen gesetzlichen Verstoß begangen? Wer hat wann wo was getan, wie womit warum? Diese sogenannten „7 goldenen W" erhielten immer sehr viel Aufmerksamkeit und waren täglicher Gesprächsstoff. Früher wie auch heute! Polizeigeschichten werden zu allen Zeiten gern gehört, gelesen, erzählt und weiterverfolgt.

In der geschichtlichen Betrachtung hat sich der Name der jeweiligen Polizei-organisationsstruktur an Aufgabenstellungen anpassen müssen. So wurde aus dem „Schutzmann" der „Schupo" bzw. der „Kripo", der „Freund und Helfer" und der „Experte für Sicherheit".

Was muss die Polizei nun 150 Jahre später bearbeiten? Wie unterscheiden sich die Fälle von damals zu heute? Haben Strafen im Laufe der Jahre ihre Wirkung hinterlassen, sodass Täter geläutert sind?

In mehr als 45 Dienstjahren sind meine polizeilichen Einsatzhöhepunkte unerschöpflich. Vieles schwirrte mir durch den Kopf:
Hubschrauberabsturz in Vesbeck, Hochhausbrand in Neustadt, Moorbrände, Gefahrgut-/Massenunfälle auf der Autobahn, Hausbesetzungen, Bombendrohungen, Hochwasser.
Ich habe mich nur für die folgenden wenigen Ereignisse entschieden. Vielleicht, weil sie einen guten, interessanten Querschnitt der vielen Einsätze sind, obwohl sich natürlich niemals ein Fall wiederholt.
So lesen Sie im Folgenden über
- meinen ersten Toten,
- etwas dienstlich Amouröses,
- Zusammenleben in einer 68er-Familie,
- Grenzbereiche des Menschseins,
- einen Sexualmord,
- Triebe, Sitte und Moral,
- einen einmaligen Langzeiteinsatz.

## 5.1. Brutstätten der Unkeuschheit

Als schmunzelnden Übergang seien aber mein Urgroßvater, der Nachtwächter, und meine Urgroßmutter noch einmal erwähnt. Beide sind Basser und haben dort auch am 22. Februar 1902 geheiratet. Allerdings hatten sie davor schon drei gemeinsame Söhne, letzteren meinen Großvater Erich, der am 27. Januar 1902 zur Welt kam. In ihrem Nachlass fand ich auch einen Zeitungsartikel zu ihrer Diamantenen Hochzeit im Jahre 1962 mit der Überschrift: „In der Spinnstube begann es".

Die „Leine Zeitung", Lokalbeilage der Hannoverschen Allgemeinen Zeitung, schrieb am 23. Februar 1962 Folgendes:

**Es begann in der Spinnstube**
**August und Marie Henze feiern heute**
**das Fest der Diamantenen Hochzeit**

**Neustadt.** Sechs Jahrzehnte gemeinsam Leben mit geteilten Freuden und Kümmernissen liegen hinter August und Marie Henze, die heute das Fest der Diamantenen Hochzeit feiern. Die Söhne und Töchter werden dabei sein, und mit ihnen und vielen anderen Gratulanten versammeln sich im Haus Mittelstraße 12 in Neustadt

15 Enkelkinder und ebenso viele Urenkelkinder. Und es wird ein großes Erzählen und Rückerinnern geben. „Weißt du noch?" wird der Uropa zur Uroma sagen, und mit verschmitztem Lächeln werden beide einander in die Augen sehen und sich jenes für sie so bedeutungsvollen Abends vor nunmehr 63 Jahren erinnern, als August Henze, ein junger Mann aus Neustadt, in der Spinnstube Metel mit der gleichaltrigen Marie Klingemann aus Basse anzubändeln begann.

August stand damals im Dienst eines Bauern, und wenn sich nach des Tages Arbeit die Mädchen in den Spinnstuben trafen und sich auch die jungen Burschen dazu einstellten, war August Henze gern gesehen, weil er so lustig auf dem Treckebüel zu spielen verstand und den Gesang der Spinnerinnen begleitete.

Nun, jene Zeit ist längst vergangen. Die Spinnstuben gibt es nicht mehr. Heute sitzen die Leute vor dem Fernsehschirm. August und Marie Henze gehören nicht zu ihnen. Sie haben nicht viel mit dem neumodischen Kram im Sinn. Ein Kino fänden sie zwar gleich um die nächste Hausecke, aber sie haben beide noch niemals einen Film gesehen und wollen auch keinen sehen.

Doch wenn das Skatblatt auf dem Tisch liegt, sind die beiden Henzes, übrigens die Eltern des Vorarbeiters auf dem Städtischen Bauhof, ohne Zögern dabei – vor allem Uroma Marie. Und dann hin und wieder ein Schnäpschen zur rechten Zeit und für den Uropa eine Zigarre.

So haben sie es ihr Leben lang gehalten. Mit ihren 83 Jahren sind beide mit Rüstigkeit gesegnet.


Dazu muss man wissen, dass Frauen und Mädchen die freie Abendzeit im Winter zum Spinnen nutzten. Zu späterer Stunde fanden sich auch die jungen Männer dort ein. Dies erregte das Missfallen der Geistlichen und führte zu öffentlichem Ärgernis. Mit einer Verordnung der Landdrostei vom 11. Oktober 1825 wurden die Spinnstuben untersagt, weil sie zu anstößigen, der Sittlichkeit nachteiligen Exzessen führten. Verstöße wurden mit 5 Taler Strafe geahndet.

Dennoch traf man sich weiter in Spinnstuben.

Der Ärger eskalierte, als der Basser Pastor 1878 an den Amtshauptmann in Neustadt ein Gesuch mit der Überschrift „Abstellung der Unordnung bei den Zusammenkünften der Spinnstuben" verfasste:

„Die Spinnstuben sind seit einer Reihe von Jahren statt einer der Jugend zu gönnendes, in Ordnung verlaufendes Zusammenkommen an Winterabenden zu sein, vielmehr ein Mittel geworden, durch welches die jungen Leute beiderlei Geschlechts sich gewöhnen, über alle Sitte, Ordnung, Mäßigkeit und Ehrbarkeit sich wegzusetzen, wenn die Spinnstuben-Versammlung bei ihnen stattfindet."

Eine Vielzahl von Klagen wurden vorgebracht. So hieß es: „Es sind anständig sich haltende Mädchen in ihren Schlafkammern beunruhigt; der Nachtwächter, als er auf nächtliche Ordnung halten wollte, mit Steinwürfen belästigt worden."

Man sprach von „Brutstätten der Unkeuschheitsstunden" und glaubte durch Verbote die schlimme Situation meistern zu können. Von Basse und Neustadt aus wurde das ganze Land gegen die Spinnstuben mobilisiert.

1882 meldete ein Amtshauptmann:

„Glaubwürdige Leute haben versichert, dass in derartigen Spinnstuben oft die Lichter ausgelöscht seien und sich dann ein Treiben entwickelt habe, wie es in einem Bordell nicht schlimmer sein könnte."

Die Gendarmen wurden nun angewiesen, endlich dafür zu sorgen, dass erlassene Verordnungen auch eingehalten wurden. Lange ging der Streit noch hin und her, aber schließlich berief man sich auf Artikel 29 und 30 der preußischen Verfassungs- urkunde, die garantierte, dass sich alle Personen „friedlich und ohne Waffen in geschlossenen Räumen versammeln können".

So hat sich nach dem Lesen des Zeitungsartikels meine anfängliche Empö- rung gegen meinen geachteten Ur-Opa und meiner lieben Ur-Oma wieder relativiert. Es waren eben andere Zeiten.

## 5.2. Meine erste Verkehrstote

Meinen ersten Verkehrsunfall mit tödlichem Ausgang sollte ich beruflich erst 1973 bearbeiten. Darüber berichte ich gleich. Eine Herzensangelegenheit ist aber ein Ereignis in meiner frühesten Kindheit. So fürchterlich der Unfall damals für mich war, hat er möglicherweise sogar zu meiner Berufswahl beigetragen.

Es war ein Spätsommertag auf der Bundesstraße (B) 6, die in jener Zeit noch mitten durch die Innenstadt von Neustadt führte. Ich war auf dem Weg zum Freibad in der Suttorfer Straße.
Von der Leinstraße abbiegend auf die Marktstraße (ist B 6) sah ich ein Polizeifahrzeug halb auf dem Gehweg parken, und mitten auf der Fahrbahn standen Lastkraftwagen. Am Straßenrand hielten sich Menschen auf. Als ich näher kam, schrie mich ein Polizeibeamter an, dass ich umdrehen und verschwinden sollte. Es musste etwas Schlimmes passiert sein. Ich erhaschte noch einen Blick auf die

Fahrbahn. Die geschrienen Worte des Polizeibeamten sollten vermutlich genau dies verhindern. Ich sah nämlich ein Stoffbündel auf der Fahrbahn, genauer gesagt eine Decke, unter der etwas lag. Später hörte ich dann, dass darunter ein vom LKW überrolltes kleines Mädchen lag - tot!

Das Ausmaß dieses Unglücks konnte ich damals, 1957, noch nicht erfassen. Es war mein erster gesehener Verkehrsunfall, und dieser gleich mit Todesfolge! Ich war traurig, weil alle traurig waren. Gleichzeitig wurde ich ermahnt, mich zukünftig noch vorsichtiger im Straßenverkehr zu bewegen. Und dann hatte ich das schlimme Ereignis auch wieder vergessen.

58 Jahre später fand ich das Foto zu dem Verkehrsunfall und tatsächlich waren die Bilder vor meinem geistigen Auge wieder präsent und noch viel mehr.
Ich verglich das Foto mit meinen Erinnerungsbildern, und Empfindungen stellten sich ein.
Die lange verstorbenen, beiden Schaulustigen kamen mir wieder in dem Sinn.

Mein Großvater sagte zu den beiden Neustädter Urgesteinen immer abwertend „Kalfakter". Sie waren Gehilfen von den beiden Geschäften rechts und links am Unfallort.

Die Innenstadt von Neustadt am Rübenberge mit der damaligen B 6/Marktstraße im Jahre 1957. Eine sechsjährige Radfahrerin wurde von einem LKW überrollt. Foto: Polizei Neustadt

Heute ist dieser Straßenabschnitt ein Teil der Fußgängerzone mit der Brücke über die Kleine Leine. Die Straße heißt auch hier immer noch Marktstraße, die B 6 jedoch

76

führt seit Ende der 1970er-Jahre nicht mehr mitten durch die Stadt, sondern als vierspurige Umgehungsstraße außen herum.

Der eine Gehilfe, ein schlanker, ausgemergelter Mann, half bei einem örtlich ansässigen Wein- und Sekthandel. Er lieferte mit einem Dreiradfahrrad mit vorderer Ladekiste Flaschen aus. Seine finstere Mimik machte mir Angst, auch sein Aussehen. Er trug nämlich immer Stiefelhose, Lederstiefel und eine Lederjacke sowie eine Baskenmütze. Die Kleidung soll er während der Kriegszeit schon getragen haben, nicht von ungefähr.

Der andere, ein kleiner, korpulenter Mann, half bei einem örtlichen Schlachter. Auch vor ihm nahm ich beim Erblicken schnell Reißaus. Über seine Kleidung trug er immer einen schmuddeligen Kittel, deren Grundfarbe einmal weiß war, in der Regel war er aber blutverschmiert.

Da standen sie, neben dem toten Mädchen am Brückengeländer angelehnt und quatschten. Für mich zwei Grobiane, die der unmittelbare Tod nicht berührte. Es war für sie anscheinend eine willkommene, spannende Abwechslung.

Da lag nun das sechsjährige Mädchen. Sie war mit dem Fahrrad unterwegs gewesen, auf der für damalige Verhältnisse stark befahrenen Bundesstraße in der Innenstadt! Das ganze Leben hat noch vor ihr gelegen. 2016 wäre sie 65 Jahre alt geworden. Das Schicksal hat verhindert, dass das Kind zu einer Jugendlichen, zu einer Frau reifte. Sie konnte sich nicht in einen Jungen verlieben, eine Familie gründen.
Schuld war eine Sekunde der Unaufmerksamkeit. Sie brachte Leid und Trauer über Angehörige und Freunde.

Der LKW-Fahrer ist natürlich auch schon lange verstorben. Sicherlich war es für ihn auch sehr belastend. Trauern kann ich nun erst mit Abstand und der Lebenserfahrung. Zumindest ist es wert, an das kleine Mädchen zu erinnern. Es steht beispielhaft für die vielen Verkehrsopfer, deren Leben jäh erlosch.

Der Tod sollte beruflich mein ständiger Begleiter sein.

# 6. Kriminalität und Polizeiarbeit zwischen 1970 und 2000

## 6.1. Tot oder lebendig?

Mit 20 Jahren wurde ich von der Bereitschaftspolizei zum Polizeirevier Garbsen versetzt. Nun begann nach langer Ausbildung endlich der „richtige" Polizeidienst. Alles war neu, alles war aufregend. Jedes Ereignis war einmalig. Aber es waren nicht alles nur spannende Einsätze, auch tragische Vorkommnisse zählten dazu.

So musste ich nur drei Tage später, am Mittwoch, 5. April 1973, mit meinem „Bärenführer" meinen ersten Verkehrsunfall mit tödlichem Ausgang aufnehmen. Es war überhaupt der erste Tote - meine Urgroßeltern waren im hohen Alter friedlich im Bett gestorben - den ich sah.

Und es war bedeutend schrecklicher, als ich es mir vorgestellt hatte. Dazu kamen nun Zweifel, ob ich für diesen Beruf geeignet war. Bisher war alles nur Theorie und abenteuerliche Erwartungshaltung. Und nun das.

Aber der Reihenfolge nach:

An dem besagten 5. April hatte ich Nachtdienst. Gegen zwei Uhr fuhren wir eine sogenannte Gaststättenstreife, das heißt, wir überprüften, ob die Gaststätten geschlossen hatten. Um zwei Uhr herrschte Sperrstunde. Nachtdienst war für mich noch sehr ungewohnt. So war ich wieder mal sehr müde. Doch dann der Funkspruch: „Schwerer Verkehrsunfall auf der B 6, Höhe Klingenberg."

Wir waren gerade in Frielingen, in Höhe des Gasthauses „Bullerdieck", und hatten nur eine kurze Anfahrt. Sie kam mir aber unvorstellbar lang vor, weil mir vor Aufregung das Blut bis zum Hals puckerte und mein Herz vor Nervosität raste.

Vor Ort stellten wir fest, dass ein Motorradfahrer auf der zweispurigen B 6 unter einen entgegenkommenden LKW gefahren war. Er muss sofort tot gewesen sein, obwohl seine äußeren Verletzungen unerheblich schienen. Aber so genau habe ich nicht hingeschaut, nur, wenn ich in der Nähe war, habe ich ihn aus den Augenwinkeln betrachtet. Ich hielt mich sichtlich zurück und habe nur auf die

Anweisungen meines Streifenführers gehört.

Der machte die Unfallaufnahme sehr professionell und souverän. Ich hibbelte vor Anspannung nur hin und her. Es passierte so viel Neues auf einmal, dass ich keinerlei Überblick hatte. Aber mein Hauptmeister hatte alles im Griff.

Ein bleibender Anblick war die Arbeit des Bestatters, der Abtransport des Motorradfahrers in eine Art Zinkwanne. Nach circa zwei Stunden war alles aufgenommen, und die Fahrbahn konnte wieder freigegeben werden.

Nun begann die Schreibarbeit auf der Wache. Für mich folgte jedoch noch ein besonderes Erlebnis.

Mein „Bärenführer" hatte bei der Unfallaufnahme den Verdacht, dass der Motorradfahrer unter Alkoholeinfluss stand. Für mich ein Rätsel, wie er darauf kam. Ich glaubte ihm aber bedingungslos. Dies bedeutete nun, dass dem Toten noch eine Blutprobe entnommen werden musste. Er telefonierte mit dem Bestatter und unseren Blutprobenärzten, einem Ehepaar, das wechselseitig diese Tätigkeit wahrnahm.

Er vereinbarte mit ihnen Uhrzeit und nannte die Örtlichkeit. Ich sollte mich alleine mit ihnen treffen. So könnte er den Schreibkram bis zum Ende des Nachtdienstes erledigen.

Mit einem äußerst mulmigen Gefühl fuhr ich nach Berenbostel zum Firmensitz des Bestatters. Kaum war ich losgefahren, informierte mich mein Hauptmeister per Funk über einen weiteren tödlichen Unfall auf der Autobahn. Der Bestatter sei auf dem Weg zur Unfallstelle. Unser Toter befände sich in der Garage des Unternehmens. Das Tor wäre unverschlossen.

In wenigen Minuten erreichte ich das Gelände. Der Doktor war noch nicht angekommen. Ängstlich blieb ich vor der Garage stehen. Dann traf auch der Arzt ein. Eigentlich kannte er alle Beamten der Dienststelle, mein Gesicht war ihm aber natürlich noch unbekannt.

Wir wechselten daher einige Worte. Ich übergab ihm die Blutprobenutensilien. Er erklärte mir, dass er das benötigte Blut durch einen Schnitt auf der Innenseite des Oberschenkels entnehmen werde.

Er öffnete das Tor. Ich hielt mich in gebührender Entfernung vor der Garage auf. Dort gab es kein Licht. Ich sollte ihm also mit meiner Taschenlampe leuchten.

Beim Blick in die Garage erschrak ich fürchterlich und blieb wie angewurzelt stehen. Ich war im wahrsten Sinne des Wortes leichenblass. Der Tote saß nämlich in einer Ecke der Garage mit dem Oberkörper an Fahrzeugreifen gelehnt. Den abgeknickten Kopf auf der Lauffläche. Offensichtlich hatte der Bestatter die Zinkwanne für den neuen Unfall auf der Autobahn wieder benötigt, und unseren Toten hatte er erst einmal in der Garage „zwischendeponiert".

Es war mir unmöglich, näher an den Toten heranzutreten. Der Arzt wurde ärgerlich und befahl mir dies. Mit meiner rechteckigen Taschenlampe, die an einem Brustknopf der Uniform befestigt war, musste ich auf wenige Zentimeter heran. Der Arzt trennte das Hosenbein auf und legte den Oberschenkel frei. Dabei sagte er mir mehrfach, dass ich dichter herankommen solle, er könne nicht richtig sehen.

Er winkelte das Bein an, schnitt in den Oberschenkel und gleichzeitig – urplötzlich - öffnete der Tote seine Augen. Ich sprang auf, schrie: „Er lebt!" und rannte so schnell ich konnte davon.

Langsam folgte mir der Doktor und musste mich erst einmal beruhigen. Das Öffnen der Augenlider sei sicherlich durch sein Hantieren erfolgt.

Der Mann wäre aber wirklich tot, versicherte er. Ich solle mich nun zusammenreißen, damit er endlich die geforderte Blutprobe entnehmen könne.

Der Doktor hätte Stunden auf mich einreden können. Keine zehn Pferde hätten mich wieder in die Garage bekommen. Nun blieb dem Doktor nichts anderes übrig, als sich selbst mit meiner Taschenlampe etwas Licht zu geben. Er schaffte es, übergab mir etwas ungehalten die Blutprobe und verschloss auch das Garagentor wieder.

Zum Ende des Nachtdienstes gegen sechs Uhr kam ich wieder auf die Wache. Von meinem Erlebten erzählte ich nichts. Obwohl ich sehr müde war, konnte ich an diesem Morgen überhaupt nicht schlafen.

Immer, wenn mir in den folgenden Jahren der Arzt begegnete, lächelte er, erwähnte

84

unseren „lebendigen Toten" aber nicht.
Vielen Dank, Herr Dr. Rötterink!

Hunderte toter Menschen, in allen
möglichen „Leichenfacetten", sollten
während meiner gesamten Polizeidienstzeit
noch folgen. Ich habe es ertragen. Es war
wohl doch die richtige Berufswahl.

## 6.2. Eine schlüpfrige Situation

Mit 20 Jahren war ich 1973 jüngster Neuzugang beim Polizeirevier Garbsen, 1,88 m groß, 65 kg schwer, geringer Bartwuchs, kindliches Aussehen. Keine Attribute, die jemanden unbedingt Respekt und Ehrfurcht einflößen konnten.

Doch immerhin war ich förderungswürdig, da ich alle Lehrgänge als Jahrgangsbester absolvierte.

Ich fühlte mich geschmeichelt, als mein Dienststellenleiter mir eröffnete, dass er besondere Dinge mit mir vorhatte. Er erkannte nach seiner Ansicht einen großen Vorteil in meiner Person. Ich war als Polizeibeamter in der Stadt unbekannt, und ich sah nicht unbedingt wie ein Ordnungshüter aus.

Allerdings kannte ich auch nicht die Schwerpunkte seiner polizeilichen Tätigkeitsfelder. Sie erstreckten sich zu meinem Erstaunen auf Zuhälterei und Prostitution in allen Formen und ihre beweiskräftige Bekämpfung. Worum ging es nun?

In Deutschland gab es bis 1974 sogenannte Übertretungen. Übertretung bezeichnete die schwächste Form einer Straftat, geringer als Vergehens- oder gar Verbrechenstatbestände. Heute sagen wir dazu Ordnungswidrigkeiten.

Eine Übertretung lautete, dass zum Schutz der Jugend oder des öffentlichen Anstandes das beharrliche Nachgehen der Prostitution in Wohngebieten verboten ist.

Garbsen war eine Stadt vom Reißbrett. Binnen kurzer Zeit entstanden riesige Wohngebiete; die Einwohnerzahl schnellte in die Höhe. Es entwickelten sich die Gebiete Auf der Horst, das Pottberggebiet, Auf dem Kronsberg und andere. Dies „schwemmte" auch das städtische Milieu mit. In den Wochenblättern erschienen seitenweise Anzeigen mit eindeutigen Angeboten von weiblichen Prostituierten. Mein Revierleiter hatte einen Blick dafür und wertete sie akribisch aus. Brennpunkte bildeten wegen ihrer Anonymität Hochhäuser.
Ein bestimmtes Hochhaus betreffend hatte mein Dienststellenleiter nun den Verdacht,

dass eine besonders aktive Dame in einer dort angemieteten Wohnung der gewerbsmäßigen Prostitution nachging. Aber wie sollte man diesen Verdacht erhärten?

Völlig überrascht machte er mir den Vorschlag, einen Lockvogel zu spielen. Es war zwar nur eine Idee, aber er war mein Chef, und ich wollte ja eigentlich auch Karriere machen. Also war ich einverstanden, ohne zu wissen, auf was ich mich einließ. Ich sollte klingeln, eine sexuelle Leistung verabreden und den Preis aushandeln sowie anschließend über Funk die Kollegen zum Einschreiten holen. Ganz einfach!

Ich muss nebenbei erwähnen, dass ich im Umgang mit Prostituierten unerfahren war, außerdem von Haus aus sehr schüchtern.

Als größtes Problem erwies sich die technische Ausstattung. Es gab noch keine Handys, und die Funkgeräte waren groß und stabil. Ein Handsprechfunkgerät sollte mir seitlich am Körper unter der Achselhöhle befestigt werden und durch Andrücken des Oberarmes sollte ich dann die Sendetaste betätigen. So könnte ich dann die wartenden Beamten alarmieren. Als Belohnung winkte ein dienstfreies Wochenende.

Mein Chef verabredete mit der Prostituierten - sie nannte sich Mona Fischer - telefonisch einen Termin; Freitag, 12. Oktober 1973, Punkt 21 Uhr.

Je näher der Freitag kam, desto nervöser wurde ich. Nun gab es aber kein Zurück mehr.

Los ging es: Meine Kollegen saßen zusammmen mit meinem Chef vor dem Haus in einem Zivilstreifenwagen. Ich fuhr mit meinem Privatwagen vor. Es war kalt, und ich zog die Kapuze meines Parkas über den Kopf. Oder wollte ich mich nur verstecken?

Ich fand den Namen der Dame auf dem Klingelschild. Sie ging ihrem Gewerbe in der obersten Etage nach. Nach dem Läuten schalte aus der Gegensprechanlage eine verrauchte, tiefe Frauenstimme: „Hier ist Mona, wer ist da?" Stotternd antwortete ich
89

vor Aufregung sogar mit meinem echten Vornamen, nannte mein Begehren, und der Türsummer wurde betätigt.

Ich ging zum Fahrstuhl und drückte. Es dauerte eine ganze Zeit bis er im Erdgeschoss ankam. Währenddessen überprüfte ich noch mal mein „Funkumhängegeschirr".

Dann die Etage gedrückt und schon stand ich vor der Wohnungstür. Nach dem Klingeln öffnete Mona. Eine „gewaltige" Frau stand vor mir, etwa 40 Jahre alt, sehr groß, kräftig, eine überaus üppige Oberweite, kurzer Minirock, enger Pullover, hohe Stöckelschuhe, auf dem Kopf hoch getürmte dunkelschwarze Haare wie ein Vogelnest, sehr stark geschminkt und parfümiert ... und gegenüber ich, das dünne Milchbubigesicht.

Sofort behandelte sie mich auch entsprechend. Sie nannte mich „Jungchen" und sagte, dass ich erst einmal herein-kommen und mich „bei Mami aufwärmen" sollte.

Sprüche wie „bei mir ist alles echt, auf meinen Brüsten kannst du Nüsse knacken", irritierten mich. Ich hatte

Schweißausbrüche, entweder, weil ich für die überhitzte Wohnung zu dick angezogen oder zu aufgeregt war. Vermutlich aber Letzteres.

„Wie wollen wir uns den Abend denn heute schönmachen, Jungchen? Hast Du überhaupt schon mal? Was willst du denn ausgeben?"

Mir fiel nur der Satz ein: „Eine ganz normale Nummer für 50 Mark."

„Na, dann wollen wir mal eine gemütliche Nummer schieben", entgegnete sie und hielt die Hand auf. Nachdem ich ihr einen 50 DM-Schein gegeben hatte, schenkte sie zwei Glas Sekt ein. Sie reichte mir ein Glas, und wir tranken einen Schluck. Als sie ihren Reißverschluss an dem Minirock herunterzog, war dies die Gelegenheit, die Sendetaste des Handsprechfunkgerätes zu drücken, und ich sagte den Satz: „Jetzt geht es los."
Nach dem Herunterlassen des Rockes, kam ein riesiges Hinterteil mit einem viel zu kleinen Slip zum Vorschein. An den stabilen Beinen erkannte ich schwarze Netzstrümpfe. Als sie den Satz hörte,

entgegnete sie: „Nun mal langsam, Jungchen, sonst bist du viel zu schnell fertig."

Wir tranken noch einen Schluck, und dann forderte sie mich auf, mich auszuziehen. Langsam zog ich an meinen Schnürbändern, in der Hoffnung, dass es gleich an der Wohnungstür klingeln würde. Vorsichtshalber drückte ich zum Betätigen der Sendetaste noch einmal meinen Oberarm an den Körper und sagte: „Nun aber schnell, jetzt geht es los!"

Mona legte dies natürlich wieder falsch aus und zog zügig ihren viel zu engen Pullover über ihr schwarzes Vogelnest. Anschließend öffnete sie den BH und gewaltige Massen fielen herunter.

Nun wurde es aber eng. Warum klingelt es denn nicht? Ich fing an, meine Socken auszuziehen, als Mona dies für nicht erforderlich betrachtete. „Zieh nur die Hose aus, den Rest mache ich schon", bemerkte sie und nippte noch einmal am Sektglas.

Was nun? Das Rubensweib war bereit, und ich wollte nicht.

„Ich muss noch einmal auf Toilette", fiel mir ein.

„Na, Jungchen, hast du die Hose schon vorher voll?"

„Nein, nein", stammelte ich, „nur, wenn ich so aufgeregt bin, muss ich immer noch einmal."

„Dann geh man noch mal, bevor du dich vollpinkelst", hauchte Mona mit rauer Stimme.

Auf Toilette betete ich, dass es bald klingeln möge. Ein weiteres Mal betätigte ich die Sprechtaste. Aber es passierte nichts.

„Nun komm endlich, mein Junge, ich habe bald noch einen weiteren Kunden", schallte es aus dem Zimmer.

Ich war am Verzweifeln, was sollte ich nur tun? Selbst wenn ich sagen würde, dass ich von der Polizei war, würde sie mir das vermutlich gar nicht glauben. Oder sollte ich es über mich ergehen lassen, schließlich hatte ich ja auch bezahlt? Aber wenn ich vor Gericht als Zeuge aussagen müsste? Nein, das ging nicht. Als ich aus der Toilette kam, lag Mona wie eine „Venus" mit all ihren Vorteilen auf dem Bett.

Und dann läutete es an der Tür.

„Jungchen, wenn das jetzt schon der nächste Kunde ist, hast du Pech gehabt", belehrte sie mich.

Mona zog sich einen Bademantel über und öffnete einen Spalt die Wohnungstür. Die Kollegen wiesen sich völlig außer Atem aus und betraten die Wohnung.

Bevor sie Mona aufklären konnten, fragte ich, warum das denn so lange gedauert hätte. Als Erklärung sagte mir mein Chef, dass ich nicht, wie abgesprochen, einen Gegenstand zum Offenlassen der Haustür gelegt hätte. Zu allem Überfluss war dann noch der Fahrstuhl defekt, sodass sie die vielen Stockwerke per Treppe bewältigen mussten.

Nach Belehrung konnte es Mona gar nicht fassen, dass ich Polizeibeamter war. Sie hatte wegen meines jugendlichen Aussehens nicht den geringsten Verdacht geschöpft.

Die Übertretungsanzeige hatte im übrigen Erfolg, sie musste eine Geldstrafe zahlen. Dies hielt sie aber nicht davon ab, ihr Gewerbe weiterhin zu betreiben. Als sie legal ihre Dienste einige Jahre später auf einem Parkplatz an der B 6 anbot, kontrollierte ich sie noch einmal. Sie erkannte mich, lachte herzlich und meinte, dass ich ja doch noch ein richtiger Mann geworden wäre.

Sie musste der Prostitution an ihrem Stammplatz am Heidehaus bis ins hohe Alter nachgehen. Als ich 1999 Leiter Einsatz der Autobahnpolizei Hannover wurde, gehörte auch die Dienstaufsicht der beiden Polizeistützpunkte Garbsen und Hannover-Kreuz zu meinen Aufgaben. Als wir in diesem Zusammenhang am Heidehaus vorbeifuhren, sagte ich zu meinem Fahrer, dass wir die Dame auf dem Straßenstrich mal eben kontrollieren wollten.

Als ich „meine" Mona ansprach, war ich völlig erschrocken, dass sie mich sofort erkannte.

„Ich wohne seit vielen Jahrzehnten in Berenbostel und habe auch die Leine-Zeitung abonniert. Darin habe ich die Artikel über dich verfolgt."

Als ich unhöflich nach ihrem Alter fragte und sie „66 Jahre" antwortete, wünschte ich ihr alles Gute.

Auf dem Weg zum Stützpunkt Hannover-Kreuz erzählte ich meinem Fahrer die Geschichte von 1973.

Aber es sollte nicht die letzte Begegnung mit Mona gewesen sein.

Ich war am 1. Mai 2001 gerade Leiter der Polizei in Neustadt geworden, da rief mich eine vertraute Bürokraft an. Sie lieferte uns benötigte Daten oder Informationen auf dem „Obergefreiten-Dienstweg". Sie sagte, dass eine Patientin des Klinikums dringend nach mir verlangte.

Ich suchte das Zimmer im Krankenhaus auf, und dort lag Mona, mit Krebs im Endstadium. Sie hatte keinerlei Angehörige und in der Zeitung gelesen, dass ich wieder in Neustadt bin.
Sie hatte nur die Bitte, dass ich einem Notar aus Berenbostel einen Brief übergeben sollte. Den Wunsch erfüllte ich ihr.

Eine Woche später teilte mir die Krankenhauskraft mit, dass die Patientin verstorben ist.

## 6.3. Täter vor Ort

Ich muss es vorweg sagen: Diese vermeintliche Kriminalgeschichte ist etwas schlüpfrig und klingt unwahrscheinlich. Sie geschah aber tatsächlich im Jahre 1982 in einer kleinen Stadt am Deister.

Vom Polizeirevier bekam die Funkstreife einen Einsatzspruch: „Einbruch in Wohnhaus im Neubaugebiet, Täter vor Ort!"

In einem öden Nachtdienst verheißt dies Spannung. Plötzlich sind alle Mithörenden hellwach. Das Jagdfieber ist geweckt.

Selbst mein Streifenpartner, der Altgediente, nach Ruhe strebende Hauptmeister, entwickelte Ehrgeiz.

Er kannte den durchgesagten Tatort genau, wo es noch keine befestigten Straßen, geschweige denn Straßennamen, Hausnummern und Laternen gab. Und ihm war sogar die geschädigte Familie bekannt. Mit kurzen Worten brachte er mich auf den neuen Stand: „Frisch bezogenes Einfamilienhaus der gehobenen Klasse, Ehemann Oberstudiendirektor am hiesigen Gymnasium, Ehefrau Studienrätin am Gymnasium der Nachbarstadt, 18-jährige

Tochter mitten im Abitur". Die Frage nach dem Ursprung seines Wissens beantwortete mein Hauptmeister mit dem kurzen Hinweis: „Hm - meine Tochter ist die Freundin der Tochter des Hauses."

Nach einigen Minuten trafen wir am Tatort ein, das heißt nicht ganz. Wir ließen den Streifenwagen etwas entfernt stehen und liefen zu Fuß weiter. Dabei mussten wir auf der matschigen Baustraße über Pfützen springen und balancierten letztendlich auf schmalen Bohlen in Richtung der Haustür.

Kurz vor dem Eingang wurden wir schon vom Geschädigten, nur im Schlafanzug bekleidet, erwartet. Grimmig und mit unwirschen Worten schallte es uns entgegen, dass wir zu spät kämen und der Täter schon zu Fuß bzw. mit einem Zweirad geflüchtet wäre.

Er hätte ihn noch im Weglaufen gesehen, könnte ihn aber aufgrund der Dunkelheit nicht beschreiben. Da der Täter sehr behände und schnell wegrannte, ging er davon aus, dass es ein junger Mann war. Schemenhaft aus einiger Entfernung konnte er noch beobachten, dass er sich mit einem Gefährt, vermutlich einem Mofa, davonmachte.

Die ersten Erkenntnisse gaben wir per Handsprechfunkgerät an die Wache und die fahndenden Funkstreifenwagen weiter. Mit beruhigenden Worten an die Adresse des Geschädigten suchten wir gemeinsam den Tatort auf. Im Windfang des Gebäudes standen die Ehefrau und die Tochter im Bademantel bzw. im Nachthemd. Außer der Entrichtung des Nachtgrußes war eine weitere Konversation nicht möglich. Der Ehemann redete teils mit vorwurfsvollen Worten, teils besserwisserisch auf uns ein. Mit gesengtem Kopf standen Mutter und Tochter verängstigt und stumm daneben.

In einem energischen Befehlston verschaffte sich mein Hauptmeister nun Ruhe. Deeskalierend ergriff ich das Wort, teilte meinen Kollegen mit Unterstützung der Tochter zur Spurensuche ein und erfragte jetzt den Tatablauf vom Ehemann.

„Ich las im Bett noch ein Sitzungsprotokoll des Stadtrates und hörte ein Scheibenklirren im Erdgeschoss. Ich sprang auf, lief die Treppe hinab, wobei ich Geräusche aus dem Zimmer unserer Tochter wahrnahm. Ich stürzte in den Raum und sah noch eine

99

aus dem Fenster kletternde, flüchtende Person. Ich schrie sie laut an bzw. ihr hinterher.
Durch die Haustür und auf den Gerüstbohlen laufend versuchte ich den Täter zu verfolgen. Was aber aufgrund des Vorsprunges aussichtslos war. Gleich danach ergriff ich im Flur das Telefon und alarmierte über den Notruf die Polizei."

Die Routinefrage nach eventuell entwendetem Stehlgut, gestikulierte er mit einem verständnislosen Kopfschütteln und den Worten: „Glauben Sie, ich habe gleich in Sekunden alle Wertgegenstände kontrolliert?" Ich merkte selbst den Unsinn meiner Frage.

Zwischenzeitlich unterrichtete mein Kollege mich, dass vermutlich vom Täter die Fensterscheibe eingeschlagen wurde. Auf der äußeren Fensterbank und den Bohlen hat er Blutstropfen gefunden. Offensichtlich hatte sich der Täter geschnitten.

Da der Ehemann nur allein redete, bezog ich nun die Ehefrau in das Gespräch mit

100

ein. Im Gegensatz zum Ehemann war sie gar nicht mitteilungsbedürftig.

Fragen nach ihren Beobachtungen verneinte sie pauschal. Nun wollte ich mich der Hauptzeugin, nämlich der Tochter, widmen.

Aber bevor ich die Befragung beginnen konnte, hörten wir einen Funkspruch aus dem Funkgerät. Eine Streife aus der Nachbardienststelle hat in Tatortnähe einen Jugendlichen mit Mofa festgenommen. Der Beschuldigte wollte bei Erkennen der Beamten flüchten, rutschte aber mit dem lehmverschmierten Mofa aus. Bei Inaugenscheinnahme des Beschuldigten stellten die Kollegen Schnittverletzungen an den Fingern und dem Unterarm fest. Sie verbrachten ihn gerade zur Wache.

Diese Erfolgsmeldung teilte ich der geschädigten Familie mit. Da es die Nacht zu Samstag war und man am Morgen ausschlafen konnte, machte ich den Vorschlag, dass Vater, Mutter und Tochter zur schriftlichen Anzeigenaufnahme und zur Sachverhaltsklärung kurz zur Wache kommen sollten. Zögernd war man einverstanden.

Als ich auf dem Polizeirevier das Vernehmungszimmer neben dem Wachraum betrat, grinste mich unser jüngster Kollege triumphierend an, und sagte in Gegenwart des Beschuldigten: „Er hat schon gestanden!"

Als Vorgesetzter blieb mir nun nur noch das Lob an alle Mitarbeiter für ihr vorbildliches Engagement und für die schnelle Aufklärung auszusprechen.

„Nun das war´s", dachte ich. Aber der scheinbar klare Fall sollte noch eine äußerst überraschende Wendung nehmen.

Am Eingang der Wache klingelte es. Im Überwachungsmonitor sah ich Vater, Mutter und Tochter. Im hellen Neonlicht der Wache konnte ich mir jetzt erst ein Bild vom Aussehen der Familienmitglieder machen.

Der Herr Oberstudiendirektor erschien tatsächlich in der Nacht sehr korrekt im Anzug mit Krawatte. Mit seinem selbstbewussten Auftreten und seiner Ernsthaftigkeit flößte er schon Respekt ein. Er schien eine geübte Autorität zu sein.

Mutter und Tochter mit legerer Freizeitkleidung passten gar nicht so recht zu ihm. Beide Frauen hatten sehr lange offen getragene blonde Haare. Sie waren beide groß, sehr schlank mit einer knabenhaften Figur. Beide waren ausgesprochen hübsch.

Gegenüber der Wache, im Vernehmungsraum 1, saß bei geschlossener Tür unser Beschuldigter mit zwei Kollegen. Die geschädigte Familie bat ich nun in den Vernehmungsraum 2.

Das bereits vor Ort mit der Tochter beabsichtigte Gespräch wollte ich nun fortsetzten. Unvermittelt machte die Ehefrau nun aber den Vorschlag, dass jeder der Familienmitglieder für sich eine Aussage machen könnte. Dann würde man schneller wieder nach Hause kommen. Ich war damit einverstanden, ohne jedoch den Vorteil zu erkennen.
Mit der Tochter zog ich mich in einem weiteren Vernehmungsraum zurück und bat sie, ihre Wahrnehmungen zu schildern.
Aber schon wieder wurden wir gestört. Zwei Kollegen schauten kurz herein und sagten, dass sie zu einem soeben gemeldeten Unfall fahren müssten.

Damit war unser Plan einer Einzelbefragung erledigt und ich sagte zu der Tochter, dass wir doch gemeinsam die Anzeige aufnehmen, wobei jeder dann seinen Beitrag leisten könnte. Überraschenderweise lehnte die Tochter dies aber entschieden ab. Sie müsse mir allein etwas sagen.

„Ich war gar nicht in meinem Zimmer. Meine Eltern hatten sich am Abend gestritten, was in letzter Zeit häufiger vorkam. Meine Mutter hat die Nacht in meinem Bett verbracht, da sie nach einem Bannscheibenvorfall nur auf einer harten Matratze wie meiner schlafen darf. Ich muss daher ins Gästezimmer auf das dortige Schlafsofa ausweichen. So war es auch in dieser Nacht. Ich bin erst aufgewacht, als mein Vater laut schrie."

Als ich nun das Gespräch mit der Mutter fortsetzten wollte, berichtete die Tochter noch etwas.

„Seit einem Jahr habe ich einen festen Freund. Dies sieht mein Vater gar nicht gerne, da ich mich nur auf das Abitur konzentrieren soll. Mein Freund besucht mich hin und wieder nach Absprache in den späten Abend- bzw. Nachtstunden in meinem Zimmer. Dafür lasse ich das Fenster unverriegelt und nur angelehnt. Ich gehe jetzt davon aus, dass mein Freund durch das Fenster einsteigen wollte, aber meine Mutter entdeckt hat. Dies bewegte ihn vermutlich sofort kehrt zu machen und in der Hektik hat er das Fenster beschädigt. Es liegt also kein Einbruch vor."

Sie sah mein erstauntes Gesicht und bat für die Umstände, die sie verursacht hatte, um Entschuldigung. Ich rief nun die Ehefrau ins Zimmer. Sie trat selbstbewusst herein und gab im Befehlston der Tochter den Hinweis, dass sie draußen beim Vater warten solle.

Ohne Umschweife begann sie nun Folgendes sehr offen zu schildern:

„Ich hatte mit meinem Mann am Abend eine Auseinandersetzung und verbrachte die Nacht im Zimmer meiner Tochter. Der Anlass für den Streit ist in letzter Zeit immer der gleiche. Ich bin jetzt 39 Jahre alt. Mein Mann und ich sind gleichaltrig. Wir haben uns auf der Uni in Berlin 1964 kennen gelernt. Es war eine wunderschöne wilde Zeit. Wir waren voller Ideen, politisch

105

sehr engagiert und fehlten bei keiner Demo. Man kann sagen, dass wir echte 68er waren. Es war andererseits aber auch eine harte Zeit. Wir wohnten mit anderen Kommilitonen in einer großen Wohngemeinschaft. Kurz nach unserem Kennenlernen wurde ich schwanger, und im gleichen Jahr kam unsere Tochter zur Welt. Unsere kleine bescheidene Familie hatte Träume, die vielfach umgesetzt wurden. Nun begann für uns beide der Einstieg in das Berufsleben, sehr euphorisch mit genauen Vorstellungen.

Ich musste aber feststellen, dass mein Mann immer spießiger, ehrgeiziger und altmodischer wurde. Seine Bekannten und Freunde sagten mir überhaupt nicht zu. Regelmäßig hatte ich mit ihnen Meinungsverschiedenheiten, die in Streitereien endeten. Unsere beruflichen und privaten Gemeinsamkeiten unterschieden sich immer mehr.

Der Beruf war ihm sehr wichtig, er strebte nach Anerkennung, engagierte sich im Stadtrat für eine konservative Partei und baute ein teures, großes Haus. Unsere Ideale wurden immer mehr verdrängt. Ich erkenne ihn nicht wieder und will dies äußerst geordnete Schablonen-Leben nicht. Ich möchte ausbrechen, ein neues, zumindest anderes Leben führen.

Dies alles dient als Hintergrund für das Nachfolgende, und nicht, um um Ihr Verständnis zu bitten."

Und dann erzählte sie sehr gefühlsbetont ihre Wahrnehmungen:

„Im Kinderzimmer konnte ich nicht einschlafen. Es ging mir noch zu viel im Kopf herum. Plötzlich bemerkte ich, dass das Fenster offensichtlich vom Wind aufwehte. Aber im gleichen Moment sah ich schemenhaft eine Person durch das Fenster einsteigen. Ich wollte schreien, aber der Hals war wie zugeschnürt. Ich bekam keinen Laut heraus. Plötzlich flüsterte die Person den Vornamen meiner Tochter. Ich hielt inne, mochte kaum atmen und lag bewegungsunfähig im Bett. Ich kann ihnen nicht sagen, warum ich nicht reagierte oder warum ich nichts sagte. In kürzester Zeit lag die Person neben mir im Bett. Er glaubte, meine Tochter neben sich zu haben. Und ich schlief mit ihm.

Plötzlich erkannte er völlig außer sich die Situation, das Unangenehme, die

Peinlichkeit, der man sich nur durch schnelle Flucht entziehen konnte. Er sprang auf, schnappte sich Hemd, Hose, Schuhe und sprang auf den Fenstersims. Dabei hatte er vermutlich den provisorischen Fenstergriff herausgezogen und versuchte, im Dunkeln wieder die Führung zu finden. In der Hektik schlug er mit dem Fenstergriff die Scheibe ein. Die Angst führte dazu, dass er die zersprungene Scheibe ganz aus dem Rahmen schlug. Nun hatte er eine Öffnung, die für seinen Ausstieg groß genug war. Als er von der Fensterbank nach außen sprang, stand plötzlich mein Mann in der Tür. Er schrie hinterher, lief dann zur Haustür und wollte die Verfolgung aufnehmen. Plötzlich stand meine Tochter in der Tür. Ich war jetzt außer mir. Was sollte ich sagen, was sollte ich machen?

Die Ereignisse überschlugen sich, und ich stand wie angewurzelt und sprachlos im Zimmer.

Ich habe bisher weder mit meiner Tochter noch mit meinem Mann darüber gesprochen. Ich habe überhaupt nichts gedacht, ich habe alles über mich ergehen lassen. Ob ich es nun bereue, weiß ich gar nicht.

Ich möchte mich bei allen entschuldigen. Natürlich auch bei dem jungen Mann, der die meisten Unannehmlichkeiten hatte. Er ist kein Einbrecher. Wenn es einen Schuldigen geben sollte, ist er in der Familie zu suchen. Aber dies ist kein Fall für die Polizei. Bitte lassen sie uns nun nach Hause gehen!"

Ganz erschrocken von der Offenheit der Ehefrau und der überraschenden Erklärung führte ich die Familie ganz verdattert wieder zusammen. Sicherlich wären weitere Erläuterungen für meine folgenden Anordnungen erforderlich gewesen. Aber ich sagte nur, dass alle jetzt nach Hause gehen dürften. Dies wurde ungläubig schweigend aufgenommen.

Im Monitor sah ich im Flur der Polizeiwache der Familie hinterher. Schweigend nebeneinander gehend, ohne sich zu berühren. Kurze Zeit später entließ ich den „Täter", der verschämt das Weite suchte.

Zu den anwesenden Kollegen sagte ich nur, dass dies ein gewaltiger „Einbruch" in der Familie war, vermutlich war auch „der" Täter vor Ort. Keiner wusste mit meinen verwirrten Äußerungen etwas anzufangen. Im Übrigen glaubten sowieso alle, der Nachtdienst habe mich fertiggemacht. Selbstverständlich erklärte ich meinen Beamten im Nachtdienst noch mein Handeln, allerdings in einer nicht anrüchigen Kurzform.

## 6.4. Gequält, gefoltert und erschlagen

Im Januar 1996 trieben junge Menschen mit erheblicher krimineller Energie und unfassbarer Brutalität und Kaltblütigkeit ihr Unwesen in der Stadt. Die Bewohner des Neustädter Landes waren erschüttert. „Liebe Leser, bitte bereiten Sie sich auf ein schreckliches Verbrechen vor! Das hier Folgende ist nichts für schwache Nerven."

Am Freitag, den 12. Januar 1996, um 19.30 Uhr, wird vom Krankenhaus Neustadt mitgeteilt, dass gerade eine männliche Person von einem PKW-Fahrer eingeliefert wurde. Der Verletzte sei schrecklich zugerichtet.

Sofort suchte eine Streife die chirurgische Ambulanz auf. Der Betroffene befand sich schon im Schockraum der Intensivabteilung. Ein Pfleger gab auf Befragen an, dass der einliefernde Autofahrer sich schon schnell wieder entfernt habe. Er habe sich aber den Nachnamen notiert.

Als er ihn nannte, wussten die Beamten, dass es sich um einen alten Bekannten handeln könnte, nämlich um „Kumpel", so sein Spitzname, der eine Woche vorher an einem Raubverbrechen auf die Firma Kubald beteiligt war.

Die Befragung der Ärzte zum Zustand der verletzten Person löste bei den Beamten tiefstes Erschrecken aus. Er hatte Hämatome im Gesichtsbereich und ganz erhebliche Schädelverletzungen.

Schon wieder wurde nach „Kumpel" gefahndet. Nach Befragen von Personen an einigen bekannten Aufenthaltsorten des Kriminellen erschien er plötzlich am späten Abend auf der Wache der Polizei. Freunde hatten ihm gesagt, dass die Polizei nach ihm gefragt hatte. Deswegen wäre er zur Klärung kurz vorbeigekommen.

Er erzählte, dass er gegen 19 Uhr mit einem Bekannten in seinem Auto auf der Wunstorfer Straße aus Richtung Poggenhagen gekommen sei. Plötzlich wäre er durch den Bekannten auf eine Person aufmerksam gemacht worden, die hinter einer Leitplanke aus einem Graben kroch. Er hätte gleich angehalten und die blutverschmierte Person als einen Freund erkannt. Weil für das Anrufen eines

112

Rettungswagens kein Telefon in der Nähe war, hätten sie seinen Freund ins Auto gelegt und seien zum Krankenhaus gefahren. Er habe dabei auch in Kauf genommen, dass die Sitze verschmutzt würden. Im Krankenhaus sei ihm vom schlimmen Aussehen seines Freundes übel geworden und er habe sich draußen übergeben müssen. Sein Bekannter sei bereits vorher schon abgehauen.

Die Ärzte nahmen den Kampf auf. Noch in der Nacht rief auf der Wache ein Arzt aus dem Krankenhaus Neustadt an, dass der Patient in eine Spezialabteilung des Nordstadtkrankenhauses verlegt wurde. Die Diagnose: schweres Schädel-Hirntrauma mit Hirnbluten. Es bestehe akute Lebensgefahr.

Noch am Samstagnachmittag untersuchte ein Rechtsmediziner, nach der Operation, den Schwerstverletzten.
Sein grausiger Bericht:
- *massives Brillenhämatom mit massiver Weichteilschwellung,*

- *flächiges Hämatom im Bereich der linken Hinterohrregion, übergreifend auf die Ohrmuschel,*
- *an der linken Wange kratzartige Hautläsionen,*
- *an der Unterlippe ein größerer Defekt,*
- *am Rumpf streifenförmige Hämatome, u. a. unterhalb der rechten Schulterblattregion sowie im Bereich der linken Gesäßhälfte,*
- *am rechten Unterarm größere Hautdefekte,*
- *am linken Arm zahlreiche handtellergroße Hämatome,*
- *an der rechten Hand schürfartige Hautdefekte,*
- *am rechten Unterschenkel großflächige livide Verfärbungen,*
- *am rechten Fußrücken kreisrunde Defekte, wie Zustand nach Hitzeentwicklung,*
- *an der Rückenseite des Linken Oberschenkels bogenförmige Verfärbungen,*
- *die gesamte Kniekehlenregion blau verfärbt,*

- an der Vorderseite des linken Oberschenkels ovale livide Verfärbungen,
- an der linken Knievorderseite rot- violette Verfärbungen.

In seiner Bewertung gab der Rechtsmediziner an, dass es sich um Folgen erheblicher stumpfer Gewalteinwirkung handelte, wobei Schläge mit massiven Gegenständen, der Faust und Fußtritte sowie das Verdrehen von Gelenken mit äußerster Kraftanstrengung geeignet wären, solche Verletzungsmuster hervorzurufen. Die kreisrunden Defekte durch Hitzeentwicklung könnten durch das Ausrücken von Zigaretten entstanden sein.
Der Gesamtzustand des Opfers war als sehr lebensbedrohend einzuschätzen.

Im weiteren Vorgehen wurde am Vorfalltag abends gegen 22 Uhr zuerst „Kumpel" vernommen. Sehr detailliert wiederholte er seine bereits in Kurzform geschilderten Angaben, bis zu dem Zeitpunkt, wo ihn der vernehmende Beamte den dringenden Verdacht der Begehung einer schweren Körperverletzung vorwarf und er nun den

Status eines Beschuldigten bekam. Er wurde vorläufig festgenommen. Da er unter Alkoholeinfluss stand, wurden ihm Blutproben entnommen. Sein Kraftfahrzeug wurde zwecks Spurensicherung beschlagnahmt.

Der Rechtsbrecher wurde nervös und war geschockt: Die Angst stieg in ihm auf. Seine Mutter sollte ihm noch in der Nacht einen Anwalt besorgen. Dies geschah auch. Er war der Jurist, der Jahre später wegen Unterschlagung von Mandantengeldern in Millionenhöhe verurteilt wurde und der zwischenzeitlich angeblich auf mysteriöse Weise im Ausland ums Leben kam. Aber das ist ein anderer Fall.

Trotz später Stunde wurde die Wohnung des Schwerverletzten aufgesucht. Er wohnte in der Kernstadt bei seiner Großmutter. Diese gab an, dass ihr Enkel sich am heutigen Tage gegen 16 Uhr telefonisch bei ihr gemeldet hatte und sie jammernd um 200 DM anflehte. Sie hatte das Geld aber nicht. Weiterhin erzählte sie, dass seit mehreren Wochen zwei junge Männer nach ihrem Enkel fragten, weil sie

116

noch Geld von ihm bekämen. Die Männer konnte sie gut beschreiben.

Am Morgen des 13. Januars 1996 wurde ein Mittäter vom Kubald-Raub aufgesucht, da er mit „Kumpel'" abends in etlichen Kneipen unterwegs gewesen sein sollte. Er verstrickte sich in Widersprüche, die auch dazu führten, dass der Vernehmungsbeamte ihn wegen der dringenden Mittäterschaft vorläufig festnahm.

In der Haftzelle wurde „Kumpel" nochmals aufgesucht. Er wollte jetzt Näheres aussagen. Der Schwerverletzte hatte angeblich 200 DM Schulden bei ihm. Dies Geld hatte er mehrmals zurückverlangt. Jetzt fühlte man sich nach seinen Worten „verarscht". „Kumpel" und zwei 18- und 21-jährige Mittäter sollen nach seinen Angaben wahllos mit dem später Verletzten in der Gegend herumgefahren sein. Der eine Mittäter habe die Person während der Fahrt auf der Rückbank Faustschläge versetzt. Dann habe man an verschiedenen Orten angehalten und dort gemeinsam auf ihn eingeschlagen. Auch Fußtritte habe er

117

abbekommen. Ebenso habe man ihn mit einer Waffe bedroht.

Um genauere Angaben zu erhalten, fuhren die Beamten minutiös mit „Kumpel" die gesamte Strecke ab. An den jeweiligen Geschehensorten schilderte er im Einzelnen die Misshandlungen.

Eine Fahrt des Grauens begann. Die Wahrheit darüber war von den Beamten kaum zu ertragen:

In der frühen Nachmittagszeit des 12. Januars 1996 fuhren „Kumpel" und eine Freundin mit seinem PKW durch die Neustädter Innenstadt. Zufällig begegneten sie zwei guten Bekannten, beide ebenfalls bereits als Straftäter aufgefallen. Die beiden jungen Männer waren stark angetrunken. „Kumpel" ließ seine Freundin aussteigen und setzte mit den beiden Bekannten seine Zechtour fort. An der Landwehr trafen sie gegen 15.30 Uhr auf einer Bank sitzend ihr Opfer. Als „Kumpel" ihn sah, fielen ihm seine 200 DM Schulden wieder ein.

Sie warfen als Drohgebärde zwei leere Bierflaschen nach ihm. Gemeinsam zogen sie ihr Opfer dann auf die Rückbank des

PKW. Er bekam nun die ersten Faustschläge von dem Mittäter auf der Rückbank ins Gesicht. Danach wuchteten sie ihre Ellenbogen in seine Rippen.

Die Fahrt führte über die Nienburger Straße auf die Bundesstraße 6 und von dort in einem Feldweg. Nochmals forderten sie ihn aggressiv auf, die 200 DM zu zahlen. Zur Beschaffung des Geldes durfte er auch kurz mit seiner Großmutter telefonieren. Bei diesem Stopp tranken die Täter einige Flaschen Bier.

Als das Opfer ihnen kein Geld zusichern konnte, schlugen sie erbarmungslos zu. Das Gesicht war schnell völlig blutverschmiert. Um die Autositze nicht zu beschmutzen, erhielt er eine Packung Papiertaschentücher.

Eine Vielzahl blutgetränkter Taschentücher fanden die Beamten am Feldweg.

Einige Meter weiter lag eine Tüte mit Knusperflips. Sie stammte auch von den Schlägern. Da der Inhalt auch voller Blut war, hatten die Täter die Tüte weggeworfen.

Das Opfer wurde von den Tätern wieder in das Fahrzeug gezerrt und die Horrorfahrt wurde in Richtung Grinderwald fortgesetzt.

An einem dichten Nadelgehölz hielt man wiederum an. Alle drei Täter suchten sich Holzknüppel und schlugen bzw. stachen auf den aus der Autotür hängenden Verletzten ein, bis die Knüppel zerbrachen. „Kumpel" schilderte auch, dass er einen Mittäter gerade noch einen dicken Baumstamm wegnehmen konnte, mit dem der das Opfer erschlagen hätte.

In der Fortsetzung zog man nun das Opfer an Armen und Beinen im Laufschritt durch die dortigen Büsche. Hin und wieder trat man dabei auch auf ihn ein.

Gemeinsam verfrachtete man den besinnungslosen Verletzten auf die Rückbank und fuhr weiter. Während der Fahrt kam er wieder zu Bewusstsein. Deswegen macht man wieder einen Halt.

Alle Kraft zusammennehmend, öffnete der Verletzte plötzlich die Autotür und lief weg. Dabei verlor er seine Schuhe. Mit dem Auto wurde er aber verfolgt und „angefahren". Vor dem Auto liegend, wurde er nun von den Tätern mit einer Gaspistole bedroht, und zwar in der Form, dass man ihn wegen der Flucht hinrichten wollte. Die Pistole wurde dabei am Hals angesetzt und nochmals die 200 DM gefordert. Danach wurde das Opfer hochgehoben und auf die Motorhaube geschleudert. Dort schlug ein Täter mit dem Griffstück der Pistole auf das Opfer ein. Ein anderer verabreichte ihm sogenannte „Kopfnüsse", in dem die Stirn gegen die Stirn des Gequälten gestoßen wird. Dabei entstanden klaffende Platzwunden am Haaransatz.

Der völlig entstellte Verprügelte wurde auf die Rückbank geworfen und die Fahrt ging zurück zur B 6 und weiter in Richtung Himmelreich. Auch während der Fahrt wurde die Person weiter mit den Fäusten traktiert.

Von der Nienburger Straße wurde die Fahrt auf der Memeler Straße fortgesetzt.

Dort, im Neubaugebiet, hätte man einen PKW mit Freunden getroffen, und zwar einen 20-jährigen Mann mit einem 18- und einem 19-jährigen Mädchen. Mit Handzeichen wurden sie zum Folgen aufgefordert.

Am Ende der Kornstraße hielten beide Fahrzeuge an. Den Misshandelten schauten sich alle an. Dabei tranken alle Beteiligte auf der Straße einige Biere.

Der junge Mann, der mit den beiden Mädchen unterwegs war, bekam nun auch „Lust", den Gepeinigten zu schlagen. Auch er hatte angeblich Geldforderungen an den Verletzten. Auf der Rückbank, auf dem Opfer kniend, boxte er ihn in den Unterleib. Grinsend schauten die Mädchen dabei zu.

Weil die Rückbank zu blutig wurde, zog man den Hilflosen auf die Fahrbahn und setzte ihn an den Kotflügel. Ein Mittäter riss von einem Holzzaun eine Latte heraus und schlug damit auf Ober- und Unterschenkel.

Die beiden jungen Mädchen hatten aber noch einen wichtigen Termin und fuhren gemeinsam mit dem jungen Mann davon.

In der zwischenzeitlichen Dunkelheit fuhr man mit dem Leidenden auf einem Verbindungsweg nach Poggenhagen. Während der Fahrt wurde sein Kopf mehrfach gegen die Autoscheibe geschleudert. Außerdem erhielt er weitere „Kopfnüsse".

Vom Fasanenweg fuhr man über die Straße Am Schiffgraben auf die Moordorfer Straße in Richtung Fliegerhorst. Von dort bog man in einem Feldweg ab, wo es nach Schilderung von „Kumpel" so „richtig zur

122

Sache" ging. Der Gefolterte war nun völlig entstellt.

Es war nach 17 Uhr als die Freundin von „Kumpel" abgeholt und zu einer Kneipe gebracht werden musste. Die zurückbleibenden Gewalttäter blieben kurze Zeit mit dem Opfer allein. Während diesen Minuten legte man den Verletzten auf das Eis eines zugefrorenen Feuerlöschteichs. Er kam wieder zu Bewusstsein, und man steckte ihm eine Zigarette in den Mund. Als sie herunterfiel, drückte man sie auf verschiedenen Gliedern des Betroffenen aus.

Der eine Mittäter kam nun mit dem Fahrzeug zurück, und alle Vier fuhren nach Evensen zu einem Freund. Der bekam vom Opfer angeblich auch noch Geld. Man traf aber niemanden dort an. Immer und immer wieder wurde während der Fahrt der Kopf des Ohnmächtigen gegen die Autoscheibe geschlagen.

Nun fuhr man nach Basse an den Kiesteich, um sich etwas zu säubern. Das Opfer roch nämlich erheblich nach Kot. Offensichtlich hatte er sich in die Hosen gemacht. Dabei ließ man den Leblosen etwas „verschnaufen".

Die Täter tranken Bier und hörten Musik.

Nach weiteren Biervorräten suchend, fand ein Verbrecher im Kofferraum einen Baseballschläger. Mit dem sollte der Drangsalierte den „Rest bekommen". Man schlug mit aller Gewalt auf Arme, Beine und Rücken. Hörbar brachen dabei Knochen. Da der Gemarterte nicht mehr ansprechbar war, wollte man ihn zunächst dort liegen lassen.

Allerdings schob man den leblosen Körper doch auf die Rückbank und fuhr direkt ins Krankenhaus. Unterwegs warf man den Baseballschläger und die Pistole in die Leine.

Alle Beteiligten bekamen Haftbefehle.

Am 16. Januar 1996, 12 Uhr, teilt das Krankenhaus Nordstadt mit, dass der Betroffene an den Folgen seiner Verletzungen verstorben sei. Eine nachträgliche Obduktion bestätigte dies. Er wurde nur 22 Jahre alt.

## 6.5. Der Fall Annette Peus

Das einschneidendste Tötungsdelikt der letzten Jahrzehnte im Neustädter Land war der Mord an Annette Peus im Jahre 1996. Was war geschehen?

Am Abend des 28. September 1996 wurde ein 15-jähriges Mädchen aus Mardorf bei der Polizei in Neustadt als „abgängig aus dem Elternhaus" gemeldet. Umgehend wurde nach ihr im Rahmen der Streife gezielt gesucht. Die Beamten leiteten eine überörtliche Fahndung ein. Auch per Rundfunk wurde die Vermisstenmeldung verbreitet.

Das persönliche Umfeld von Annette Peus wurde befragt. Dabei stellte sich heraus, dass die Jugendliche am Vortag gegen 17.35 Uhr mit dem Bus von Mardorf in Richtung Eilvese fahren wollte, um dort an einem Jazz-Dance-Training teilzunehmen. Sie war in Eilvese mit einer Freundin verabredet. Zu dem Treffen kam sie aber nicht. Die Wahrscheinlichkeit eines Verbrechens war jetzt nicht mehr auszuschließen.

Mehrere Zeugen sahen das Mädchen letztmalig an der Bushaltestelle Meerstraße/Ecke Erlenweg, als es mutmaßlich mit dem Fahrer eines Toyota Carina Liftbag mit grünblauer Lackierung sprach. Auch wurde beobachtet, dass vermutlich mehrere Fahrradfahrer zu diesem Zeitpunkt an der Bushaltestelle vorbeifuhren. Die Polizei suchte weitere Zeugen.

Mehrere Waldgebiete in der Gemarkung Mardorf wurden mit zahlreichen Polizeikräften, einschließlich Polizeihubschrauber sowie Suchhunden, und Feuerwehrleuten aus Neustadt, Schneeren, Mardorf und Poggenhagen abgesucht. Diese intensiven Nachforschungen dauerten mehrere Tage. Blieben allerdings ohne Ergebnis. Die regionale und überörtliche Presse berichtete tagtäglich ausführlich. Trotzdem konnte der Aufenthaltsort der Vermissten nicht in Erfahrung gebracht werden.
Die Polizei erhielt viele Hinweise aus der Bevölkerung, auch aus weiter entfernten Bereichen, ebenso anonyme Mitteilungen - gleichermaßen, wie in ähnlichen Fällen

üblich - Gerüchte, Vermutungen und Spekulationen. Die meisten hatten die vermisste Person angeblich gesehen. Etliche ins Visier der Polizei geratene Personen wurden überprüft. Alle Meldungen führten aber nicht weiter.

Wenig später bestätigten sich die Befürchtungen. Am 18. Oktober 1996 wurde Annette Peus etwa 800 Meter von der besagten Bushaltestelle in einem Maisfeld tot aufgefunden. Ein Landwirt hatte gegen 19 Uhr den unbekleideten Leichnam beim Abernten des Feldes entdeckt.

Ein Sexualdelikt war aufgrund der Fundsituation wahrscheinlich. Aus dem Besitz des Opfers fehlten ein Rucksack und Bekleidung.
Dem Obduktionsergebnis zufolge trat der Tod durch Gewalteinwirkung gegen den Hals des Opfers ein. Todesursache war also Erdrosseln. Ärztliche Untersuchungen ergaben, dass die Jugendliche am Tag ihres Verschwindens verstarb.

Sofort richtete die Polizei eine Mordkommission (Moko) ein. Zu ihr gehörten zehn erfahrene Ermittler. Sie gingen insgesamt mehr als 1000 Spuren äußerst umfangreich und mit Akribie nach. Bis heute konnte die Tat jedoch nicht aufgeklärt werden.

Moderne Untersuchungsmethoden ließen die Moko zwischenzeitlich wieder aufleben. Aber auch diese führten leider zu keinen neuen Erkenntnissen.
Selbst 19 Jahre nach der Tat bekommt die Polizei immer noch vereinzelt Hinweise zum Mordfall Peus. Selbstverständlich werden auch diese weiterhin verfolgt. Es besteht immer noch Hoffnung, dieses schreckliche Verbrechen aufzuklären.

## 6.6. „Schmutzige" Straftaten?

Für die eigene Karriere muss man temporär auch mal Dienststellen mit vermeintlichen Aufgaben, die einem nicht so zusagen, in Kauf nehmen. So dachte ich es mir. Vor dieser Herausforderung stand ich ab dem Jahr 1999. Im Gegensatz zu meinen Befürchtungen, sollte es eine der spannendsten dienstlichen Zeiten meiner gesamten Laufbahn werden. Ich könnte von einer Vielzahl fesselnder Vorfälle während dieser zweieinhalb Jahre berichten. Ich stieg zum stellvertretenden Leiter des Polizeikommissariats Bundesautobahn Hannover-Ahlem auf. Und dies vor dem Jahrhundertereignis EXPO 2000!

Einer der unglaublichen Fälle:

Im Rahmen des sechsspurigen Ausbaues der Bundesautobahn (BAB) 2 in Richtung Berlin - anlässlich der bevorstehenden EXPO 2000 - hatte ich einen Ortstermin auf einer Tank- und Rastanlage. Für die Beschilderung des Baustellenbereiches traf ich mich in aller Frühe mit einer Planerin des Straßenbauamtes, dem Leiter der zuständigen Autobahnmeisterei und Mitarbeitern der ausführenden Firma. Nach Ende der Besprechung suchte die Planerin des Straßenbauamtes kurz die öffentlichen Toiletten auf. Nach wenigen Sekunden kam sie zurück und beschimpfte den Leiter der Autobahnmeisterei. Ich hörte dieses Gespräch nur am Rande mit. Offensichtlich ging es um die unzureichende Sauberkeit und Pflege der Toiletten.

Da ich meinen Dienstwagen neben dem des Mitarbeiters der Autobahnmeisterei geparkt hatte, gingen wir gemeinsam zu unseren Fahrzeugen. Dabei äußerte er sein absolutes Unverständnis über Benutzer der Autobahntoiletten. Die sanitären Anlagen vieler Raststätten an der BAB 2 und BAB 7 im Raum Hannover, die zu seinem Zuständigkeitsbereich gehörten, seien seit Wochen mit Kot beschmiert und nicht zu benutzen. Seine Mitarbeiter würden sich tagtäglich über diese Sauerei beschweren.

Ich nahm es mit Kopfschütteln zur Kenntnis. Da ich am Nachmittag noch die monatliche Besprechung mit meinen Dienstabteilungs-führern hatte, gab ich die

130

Information über die verschmutzten Toiletten weiter. Sie sollten bei Streifenfahrten achtgeben. Natürlich war dies keine ureigenste Aufgabe der Polizei, aber damit sollte die hervorragende Zusammenarbeit mit den Autobahnmeistern belohnt werden.

Schon am Folgetag las ich im Tätigkeitsbericht des Nachtdienstes von einer stark verschmutzen Damentoilette. Eine Streifenbesatzung, die zufällig auf dem Parkplatz einen LKW kontrollierte, wurde von einer Frau auf die unbenutzbare Örtlichkeit angesprochen.

In den nächsten Wochen steigerten sich die Zahl ähnlicher Vorfälle erheblich. Nacht für Nacht wurde jeweils eine Toilette verdreckt. Es kam der Verdacht auf, dass dahinter Absicht steckte.
Aber warum? Wollte jemand die Straßenmeistereimitarbeiter ärgern, oder hatte jemand Hass auf die Autobahnbenutzer? Oder wollte jemand gar die EXPO torpedieren?
Einen wichtigen Hinweis gab eine Reinigungskraft der Autobahnmeisterei.

131

Äh, … und nun wird es etwas unappetitlich. Die Dame hatte festgestellt, dass die zurückgelassene „Masse" sehr fleischlastig war. Es lagen dort große Mengen unverdauter Fleischstücke.

Das Ganze nahm schon groteske Formen an. Die Kollegen steigerten sich in den „Fall" förmlich hinein. Das ging soweit, dass sogar eine Probe genommen wurde. Ein Chemiker des Landeskriminalamtes untersucht diese.
Ich versuchte gerade, die Mitarbeiter wieder auf ihre eigentlichen polizeilichen Aufgaben hinzuweisen, als das LKA das Ergebnis bekannt gab. Es haute uns förmlich um. Der Chemiker behauptete, dass es sich bei der Probe um Dosengulasch handelte. - So ein Unfug, das machte doch gar keinen Sinn!
Die Behauptung des LKA-Mitarbeiters sollte sich in den nächsten Nächten tatsächlich bestätigen. Was sollte dies?

Für die EXPO hatte meine Dienststelle den Auftrag, auch hinsichtlich erhöhter Kriminalität während des gesamten Veranstaltungszeitraumes gewappnet zu sein. Wir rechneten mit Diebstählen und Betrügereien auf den Tank- und Rastanlagen, auch durch osteuropäische Banden, Menschenhandel, Prostitution, Drogenhandel und vieles mehr. Um spezielle Erscheinungsformen der „EXPO-Kriminalität" entgegen treten zu können, gründeten wir eine „Mobile Fahndungsgruppe", kurz MFG.

Als der Leiter der MFG mit dem Vorschlag an mich herantrat, sich mit seinen Beamten um den „Fall" zu kümmern, musste ich ihn zurechtweisen, dass wir schwerwiegende Kriminalität zu bekämpfen hätten und nicht die Verunreinigungen der Toilettenanlagen.

Um etwas Unwahrscheinliches aufzuklären gehört offensichtlich auch ein Sturkopf dazu. Jedenfalls observierten die Beamten der MFG ohne mein Einverständnis in den Nachtdiensten etliche Toilettenanlagen, zumindest als „Nebenaufgabe".

In kürzester Zeit konnten sie einen Teilerfolg erzielen. Sie hatten nämlich auf der Rastanlage Wülferode von einer Klofrau den Hinweis bekommen, dass soeben eine Toilette beschmiert wurde. Sie habe noch massive Worte hinter der Frau her geschrien, die sich aber eiligen Schrittes entfernte. Die Verursacherin wäre gerade zu einem Fahrzeug gegangen. Nach einer schnellen Beschreibung folgten die Beamten der Missetäterin. Einen knallroten Mercedes SLK konnten sie noch in rasanter Fahrt davonjagen sehen, das Kennzeichen war jedoch für sie nicht ablesbar. Eine anschließende Fahndung blieb ohne Ergebnis.

Das Jagdfieber ergriff die Beamten der MFG nun erst recht. Sie listeten alle bisherigen Vorkommnisse auf, bewerteten sie, versuchten ein Bewegungsbild zu erstellen, selektierten, versuchten an Hand der Wochentage, Tatzeiten, Örtlichkeiten einen Tatrhythmus herauszufinden bzw. Wiederholungswahrscheinlichkeiten zu ergründen.

Es waren aber so viel Möglichkeiten, dass es die personelle Kapazität der MFG erschöpfte. Allerdings hatte die EXPO zur Folge, dass die Spezialbeamten technisch hervorragend ausgestattet wurden.

So installierten sie „verdeckt" hoch-auflösende Kameras gegenüber den Eingangsbereichen der Toilettenanlagen und zeichneten in der Nacht auf. Bereits zwei Tage später hatten sie einen Volltreffer. Genau auf dem Parkplatz einer betroffenen Anlage war eine Kamera angebracht.

Nun erst „beichteten" sie mir ihre nächtlichen ermittelnden Tätigkeiten. Die Spannung, was dort festgehalten wurde, überwog bei weitem meine Schelte gegenüber den Beamten.

Was wir dann zu sehen bekamen, sprengte alle Vorstellungskraft. Unser roter Mercedes SLK fuhr genau vor der Toilettenanlage vor. Dieses Mal war das Kennzeichen gut zu erkennen. Aus dem tiefen Fahrzeug stieg eine sehr große Person mit schulterlangen schwarzen Haaren und knielangem Rock. Sie hatte merkwürdigerweise im Dunkeln eine Sonnenbrille auf. In der rechten Hand führte sie eine Plastiktasche mit. Sie suchte den Eingang der Damentoilette auf und verschwand im Inneren. Nach sehr kurzer Zeit kam sie wieder heraus.

Glücklicherweise war die Kamera so ausgerichtet, dass wir auch das weitere Geschehen beobachten konnten. Als die

Person wieder im Fahrzeug saß, zog sie eine Perücke vom Kopf und ein kahlköpfiger Mann kam zum Vorschein. Bewaffnet mit einem Fotokoffer entstieg er wieder dem Wagen und schlug sich hinter dem Toilettenhaus in die Büsche. Mit etwas Geduld lüftete sich dann das Geheimnis.

Schnellen Schrittes näherte sich nämlich eine Toilettenbenutzerin dem Eingang und kehrte unverrichteter Dinge gleich wieder zurück. Offensichtlich war der Harndrang bei ihr so groß, dass sie sich schleunigst neben der Anlage in die Büsche hockte. Dies war nun für unseren „Schmutzfink" die Gelegenheit, die Frau mit heruntergelassener Unterbekleidung zu beobachten und zu filmen.
Wir hatten es also mit einem Sexualtäter, einem Spanner, zu tun.

Der Mann suchte also als Frau verkleidet Damentoiletten auf, beschmierte die Toilettenbrille, den Boden und Toilettenpapierhalter mit Gulasch aus der Dose und präparierte sich anschließend im Fahrzeug. Nun wartete er im Schutz der Dunkelheit im Gebüsch auf seine „Opfer", nämlich Frauen, die dringend ihre Notdurft verrichten mussten. Dabei fand der Täter offensichtlich Befriedigung im Beobachten bzw. Filmen der Situation.

Nun war es doch ein Kriminalfall. Die Identifizierung der Person war nach Halterfeststellung einfach. Wie aufgrund des Fahrzeuges zu vermuten war, handelte es sich um eine gutsituierte Person. Es war der Geschäftsführer eines großen Unternehmens in der Region. Dort bekannt als unbescholtener, älterer Familienvater mit einer extravaganten jüngeren, gutaussehen-den Ehefrau. Allerdings, so unbescholten war er nun offensichtlich auch wieder nicht. Vor Jahren geriet er wegen einer Vergewaltigung in Verdacht. Was aber nicht zu beweisen war.

Das Weitere war polizeiliche Routine. An dem Wagen wurde heimlich ein Sender angebracht. Etliche Nächte wurde er verfolgt, bis er nach einer Woche auf frischer Tat festgenommen werden konnte. In seiner Vernehmung legte er ein umfangreiches Geständnis ab.

Er wurde wegen Verletzung des höchstpersönlichen Lebensbereiches durch Bildaufnahmen nach § 201a StGB verurteilt. Zivilrechtlich erhielt er von der Autobahnmeisterei eine hohe Rechnung für die Reinigung der vielen Toiletten.

## 6.7. Die Weltausstellung EXPO 2000

Bereits 1994 wurde von der Bundesrepublik Deutschland, dem Land Niedersachsen, der Landeshauptstadt Hannover, dem damaligen Landkreis Hannover und dem Kommunalverband Großraum Hannover ein Generalvertrag zur Durchführung der Weltausstellung EXPO 2000 unterzeichnet.

Zu den vordringlichen Aufgabenbereichen des Projektes Weltausstellung gehörte die Verkehrsinfrastruktur. Ziel war eine beispielhafte, ökologisch verträgliche und benutzerfreundliche Bewältigung des mit der EXPO verbundenen Verkehrs durch die Schaffung der nötigen Verbindungen.

Anfang 1999 begann die „heiße" Phase der Vorbereitungen. Der Countdown lief unerbittlich.

Wir im Umland Wohnenden merkten dies hautnah: das Kribbeln, die Neugier, die Spannung. Auch auf den Polizeidienststellen in der Peripherie war das Weltereignis zu spüren.

Mehr als 180 Nationen und internationale Organisationen - so viele wie nie zuvor -

hatten ihre Teilnahme zugesagt. Gemeinsam sollten sie sich in Hannover dem Thema „Mensch – Natur – Technik" stellen. Und natürlich 153 Tage lang ein großes Fest feiern. Hannover hieß die Welt herzlich willkommen.

40 Millionen Besucher wurden erwartet, täglich durchschnittlich ca. 260.000 Gäste.

Am 15. Februar 1999 wurde ich – wie schon kurz erzählt - vom Polizeikommissariat Neustadt zur Autobahnpolizei Hannover versetzt. Von der Beschaulichkeit des ländlich geprägten Neustädter Landes in die Dimensionen einer Weltausstellung. Als stellvertretender Leiter dieser großen Dienststelle mit Schwerpunkt EXPO-Einsatz sollte ich in kürzester Zeit die „große, weite Welt" kennenlernen. Mein Zuständigkeitsbereich umfasste die BAB 2, die sogenannte „Warschauer Allee", von Bad Eilsen bis Hämelerwald und die BAB 7 von Hildesheim bis Berghof sowie die BAB 352 und die BAB 37. Viele Kilometer Autobahn mit Parkplätzen und Tank- und Rastanlagen mit all den vielen Facetten von Verkehrsproblemen und speziellen Erscheinungen der Kriminalität.

Grundsätzliche Sichtweise war, dass es sich bei der EXPO 2000 um eine friedliche Veranstaltung handeln würde. Gleichwohl glaubte die Polizei, dass die Weltausstellung sowohl auf dem Gebiet des Verkehrs, aber auch im Hinblick auf kriminelle Phänomene erhebliche Auswirkungen für die Bevölkerung der Region und natürlich die Besucher haben würde.

Mit sehr vielen engagierten Organisatoren mussten Absprachen getroffen werden. An vielen täglichen Besprechungen nahm ich teil. Polizeiliche Forderungen wurden zügig umgesetzt. Finanziell gab es keine Nöte. Erstmalig konnte ich auch personell aus dem Vollen schöpfen. Für die einzelnen Autobahnabschnitte, vor allem an den Autobahnkreuzen und den Schnellwegzufahrten, hatte ich genügend Kräfte im Wechselschichtdienst zur Verfügung. Auf die Bekämpfung der zu vermuteten Kriminalität bereiteten wir uns besonders vor. Es wurde eine exzellente „Mobile Fahndungsgruppe" (MFG) speziell für Autobahnbelange ausgebildet, von der im letzten Kapitel bereits die Rede gewesen ist.

Auch technisch war meine Dienststelle auf dem neusten Stand, einschließlich der Einsatzfahrzeuge. Dazu gehörte eine Flotte aus neuen Mercedes-Funkstreifen, leistungs-starken Zivilfahrzeugen, Police-Pilot-System- Fahrzeugen mit modernster Kameratechnik als Verfolgungsstreifen, eine Vielzahl blitzblanker Motorräder, auch um Staatsoberhäupter zu eskortieren, und vieles mehr.
Ich schrieb zahlreiche, umfangreiche Einsatzbefehle, musste viele Einzelaufträge berücksichtigen und unendliche Details umsetzen.

Bis zum Beginn der EXPO am 1. Juni 2000 sollten die BAB 2 und 7 auf einer Länge von 125 km mit einem Kostenvolumen von zwei Milliarden DM sechsspurig befahrbar sein. Umweltbelange wurden besonders berücksichtigt, besonders geräuscharme Fahrbahndecken verwendet und auf den Bau von Lärmschutzanlagen geachtet.
Zusätzlich sollte ein modernes Verkehrsmanagement dabei helfen, die erwarteten Besucherströme zur Weltausstellung zu bewältigen und die An- und Abfahrt zum bzw. vom EXPO-Gelände

durch aktuelle Informationen zu erleichtern. Zur Optimierung des Verkehrsablaufes und zur Erhöhung der Sicherheit auf den Hauptanfahrtsrouten wurde ein Netz moderner „elektronischer Verkehrsbeeinflussungsanlagen" (VBA) errichtet. Die komplexen Systeme bestanden im Wesentlichen aus elektronisch steuerbaren Schilderbrücken und Wechselweg-weisungstafeln.

Informationen über die Verkehrssituation und Ausweichempfehlungen bei Staus sollten im Verkehrsinformationscenter der move GmbH oder im Internet abgefragt werden können. Ein flexibles Parkleitsystem auf dem EXPO-Ring sollte die Besucher führen.

Für mich persönlich überwältigende Meilensteine auf dem Gebiet des Verkehrsmanagements. Was ich in dieser Zeit zu meinem bescheidenen Wissen hinsichtlich der Verkehrslehre dazulernte, war gigantisch. Mit all den modernen Dingen habe ich in Neustadt nicht gearbeitet, geschweige denn davon gehört. Begriffe wie Unterflurbefeuerung, VBA, pneumatisch versenkbare Poller waren mir unbekannt.

143

Ich bin mir heute noch sicher, dass keine Polizei der Welt ein fortschrittlicheres Equipment hatte. So kamen täglich auch Delegationen aus Paris, Amsterdam, Wien und etlichen anderen Großstädten, die nach der EXPO eine ähnliche Verkehrsinfrastruktur übernehmen wollten.

Brücken von größerer lichter Weite und die fachgerechte Herrichtung von Flächen neben den Autobahnen mit einer Größe von rund 1.000 Hektar sollten für einen Ausgleich des ökologischen Gleichgewichts sorgen.
Neue Stellflächen für Autos und Lastwagen an den vorhandenen Parkplätzen, im Bereich der Tank- und Rastanlagen sowie neue Parkplätze und provisorische Notausweichparkplätze mit P+R-Anbindung wurden geschaffen.

Die verkehrstechnischen Voraussetzungen zum Gelingen der EXPO waren optimal. Der EXPO-Zielverkehr sollte auf den Hauptrouten BAB 2 und BAB 7 sowie dem Messeschnellweg verlaufen. Im Nahbereich des Geländes wurden ca. 25.000 PKW-Parkplätze zur Verfügung gestellt, das P+R

Konzept für das Umland sah etwa 35.000 Abstellmöglichkeiten vor. Die Schwerpunkte der Polizeiarbeit bildeten Verkehrsaufklärung, -lenkung, -regelung und -überwachung.

Auf dem Sektor Wirtschaftsverkehr zum oder vom EXPO-Gelände war davon auszugehen, dass es täglich ca. 1000 LKW-Bewegungen geben würde, und zwar überwiegend nachts. Auch der Urlaubsverkehr auf den Autobahnen in den Sommermonaten musste in die Planungen mit einfließen.

Die Polizei musste sich neben des steigenden Verkehrs auch noch auf eine zu erwartende Zunahme an Kriminalität vorbereiten.

Besucher, Beschäftigte der Teilnehmerstaaten sowie Betriebspersonal mussten als mögliche Opfer von Straftaten betrachtet werden, aber auch als potentielle Täter.

Sachbearbeiter für osteuropäische Bandenkriminalität wiesen auf Auswirkungen für die Autobahnpolizei, insbesondere auf den T+R-Anlagen, hin. Die Polizei rechnete mit vermehrten Diebstählen, Körperverletzungen sowie Verstößen gegen das

Betäubungsmittelgesetz und das Ausländergesetz.

Staatsschutzdelikte von EXPO-Gegnern, konnten ebenfalls nicht ausgeschlossen werden.

Das breite Spektrum an Delikten, ohne Erfahrungen auf diesem hohen Weltausstellungsniveau, war für alle eine große Herausforderung.

Ende Oktober 2000 konnten wir ein Fazit ziehen. Die exzellente Vorbereitung, die sehr gute Umsetzung und das hohe Engagement aller Mitarbeiterinnen und Mitarbeiter trugen letztlich zu einer gelungenen, erfolgreichen Weltausstellung bei. Der polizeiliche Auftrag wurde mit Bravour erledigt. Den Veranstaltern konnten wir zum Abschluss „keine besonderen Vorkommnisse" melden.

Auch wenn die Erwartungen an die Weltausstellung in vielerlei Hinsicht nicht in Gänze erfüllt wurden, bleiben für mich diese 153 Tage ab der EXPO-Eröffnung eine spannende Erfahrung, die sicherlich meinen Horizont erweiterten. Es war eine Weltausstellung, die nicht von nüchternen

146

Ablaufplänen zu bändigen war. Spaß, Schwung und bewegende Momente standen im Vordergrund. Hochgefühle angesichts der faszinierenden Pavillons vieler EXPO-Nationen erfüllten mich. Es war ein riesiges Spektakel, ein einmaliger Park, ein Globus voller Eindrücke und Erlebnisse, für die viele Menschen gearbeitet hatten. In meinen zukünftigen Positionen konnte ich von den nationalen und internationalen Gesprächspartnern und von den vielen beteiligten Institutionen profitieren, ganz abgesehen von einem späteren weltoffeneren und globaleren Denken.

Für mich war die EXPO eine einmalige Zeit, ein einmaliges Ereignis. Schön, dass eine Weltausstellung in meine Dienstzeit fiel, an der ich mitwirken durfte, und dann auch noch vor der „Tür". Ordnerweise EXPO-Unterlagen, Einsatzbefehle, Besprechungs-protokolle, Tagesmeldungen usw. erinnern mich gelegentlich an tolle fünf Monate.

## 7. War früher alles schlechter?

Ich vermag kaum Unterschiede zwischen den Beweggründen der Täter damals wie heute festzustellen. Die Handlungen gleichen sich ebenfalls: Opfer werden bedroht, überfallen, beraubt, misshandelt, sexuell missbraucht oder gar getötet. Zurück bleiben immer körperliche, seelische und materielle Schäden.

Allerdings lebten Menschen, die in früheren Jahrhunderten Unrecht erfahren hatten, mit ihrem Schmerz und Leid hilflos weiter. Oft zerbrachen sie auch an ihrem Schicksal und gingen von uns, ohne Frieden und Gerechtigkeit zu finden. Mögen sie im Jenseits Ruhe gefunden haben.

Doch Unrecht ist auch heute noch alltäglich und wird es immer bleiben. Viele Mutige müssen dem entgegentreten, und die „Verursacher bekehren".

Ob das Erlaubte überschritten ist, hängt auch vom jeweiligen Zeitgeist ab. So war ein Einschreiten der Obrigkeit, wie wir lesen konnten, in der Vergangenheit statthaft. Heute wäre es absolut unzulässig. Heutiges staatliches Handeln dürfte in der Zukunft im Rückblick nur Kopfschütteln verursachen.

Was aber immer im Fokus bleibt, ist der Umgang des Menschen mit dem Menschen, abseits von Recht und Gesetz; die Empfindungen zwischen dem Individuum, der Staatsmacht und dem einzelnen Gegenüber, mit der ganzen Vielfalt von Berührungspunkten.
Auffällig ist, dass ich einen ständigen Begleiter hatte: den Tod. Auch auf all den Seiten dieses Buches schleicht er sich durch die Zeilen. Zum Leben gehört er einfach dazu, macht vielleicht das Leben auch erst lebenswert oder kurz: „Werte entstehen durch Vergänglichkeit."

Die Begrenztheit des Lebens, von der Freude der Geburt über die unendliche Zeit des Werdens bis zum plötzlichen Bedenken des Todes, muss Ansporn für ein vernünftiges Miteinander sein. Vernunft mit all seinen Facetten steht auch im polizeilichen Handeln im Mittelpunkt.

# 8. Begegnungen mit Promis

Im Laufe meines Berufslebens traf ich auch auf zahlreiche Prominente, innerhalb und außerhalb des polizeilichen Protokolls. Diese „Geschichten" dürften sicherlich ihr Interesse wecken. Eine kleine Auswahl:

## 8.1. Chris Roberts, Sänger

Als 19-jähriger Berufsanfänger arbeitete ich 1972 bei der Bereitschaftspolizei Hannover. Ein Großeinsatz war zu dieser Zeit die Hannover Messe, die weltgrößte auf dem Messegelände.

Alles was an polizeilichem Personal zur Verfügung stand, wurde für dieses Ereignis eingesetzt. Dabei handelte es sich überwiegend um einen Verkehrseinsatz. Die Besucher reisten meist mit dem Auto an. Hundertschaften von jungen Polizeibeamten wurden für die Einweisung benötigt.

Für mich als Dörfler eine neue Welt. Um das Messegelände waren große, für mich unübersichtliche, Parkflächen für Zigtausende von Fahrzeugen angelegt. Menschen aus aller Herren Länder waren vor Ort, eine umtriebige, hektische Atmosphäre, und nun war ich ein kleines Rädchen in diesem gewaltigen Getriebe. Wir wurden mit Mannschaftswagen, einem KOM 17, zum Einsatzort gebracht. Auf einen korrekten Dienstanzug wurde besonders Wert gelegt. Unser Ausbilder teilte uns eine Fläche zu, die wir eigenständig zu bedienen hatten, sowohl morgens bei der Anfahrt als auch abends bei der Rückfahrt.

Alle, die zu dem Gelingen der Messe beitrugen, also Aussteller, Messepersonal - besonders erwähnen möchte ich die Hostessen - waren eine große Familie. Wenn man sich morgens als „Familienangehörige" erkannte, grüßte man sich, wünschte einen erfolgreichen Tag. Abends, wenn der Messetag gelaufen war, traf man sich auf ein Getränk und kommunizierte bis in die Nacht hinein. Messenächte sind kurz und anstrengend. Eine kleine Einschränkung muss ich aber machen. Wir jungen Beamten durften nur unseren Auftrag erfüllen, Feiern war nicht drin. Aber unsere Ausbilder hatten dieses Privileg, das Anbändeln mit Hostessen eingeschlossen. Und diese Beamten waren bei den Damen gefragt.

So stand ich mit meinem Kollegen abends auf einem fast geleerten Parkplatz und wartete auf die Abholung mit dem KOM 17. Plötzlich raste ein flacher Sportwagen quer über die Parkfläche. Staub wirbelte auf, das Motorgeräusch hörte sich bedrohlich an.

Trotz meiner Unerfahrenheit konnte ich dieses Verhalten nicht durchgehen lassen! Mit erhobener Anhaltekelle stoppte ich das Fahrzeug. Am Lenkrad ein junger Mann, Beifahrerin eine junge Frau in Hostess-Uniform. Ohne dass ich was sagen konnte, schrie mich der Mann aus dem heruntergekurbelten Fenster an, dass er Ehrengast wäre und keine Zeit hätte. Ich sollte ihn schnell weiterfahren lassen.

Als ich den Fahrer um Aushändigung von Führerschein und Fahrzeugschein bat, sagte er, dass er der Sänger Chris Roberts sei und vor einem Auftritt schnell sein Messehotel aufsuchen müsste.

Als Musikdesinteressierter kannte ich weder den Namen noch erkannte ich die Person. Außerdem stand im Führerschein der Name Christian Klusacek. Als ich ihm dies vorhielt, erwiderte er, dass Chris Roberts sein Künstlername wäre.
Mitten im Gespräch kam mein Ausbilder heran und sagte barsch: „Henze, weg da."

Er unterhielt sich kurz mit dem Fahrer. Den Inhalt des Gesprächs verstand ich aber nicht. Dann funkte er ein Polizeimotorrad herbei. Der Fahrer eskortierte diesen Verkehrsflegel mit hoher Geschwindigkeit zu seinem Hotel.

Aus den Augenwinkeln lächelten mich Fahrer und Beifahrerin an; ich hatte den Eindruck, sie lachten mich aus.

## 8.2. Dunja Rajter, Sängerin und Schauspielerin, Alwin Schockemöhle, Springreiter

Nach dem Attentat bei den Olympischen Spielen 1972 in München wurden viele Sicherheitsvorkehrungen noch verstärkt, insbesondere auch auf Flughäfen. Ich war damals Angehöriger der Bereitschaftspolizei, und wir mussten dem Bundesgrenzschutz und dem Zoll bei der Abfertigung der Passagiere auf dem Flughafen Langenhagen unterstützen.
Wir durchsuchten die Koffer und kontrollierten die Pässe. Uns wurde ausdrücklich gesagt, dass dies ohne Ansehen der Person erfolgen sollte.
Die männlichen und weiblichen Angestellten des Flughafens waren entsprechend für das Durchsuchen der Personen in Kabinen zuständig.

Aus Richtung Gangway strömten an diesem Nachmittag Passagiere aus Frankreich auf uns zu. Wir waren zwischenzeitlich ein eingespieltes Team und machten die Arbeit routiniert.

Aber was da auf mich zu kam, fesselte meine Augen. Eine bildhübsche Frau ohne jeden Makel. Ich konnte mich gar nicht satt sehen. Es war die Schauspielerin und Sängerin Dunja Rajter. Sie zog nicht nur meine, sondern auch die Aufmerksamkeit vieler anderer auf sich. Mit einem Koffer und einer Kosmetiktasche schritt sie engelsgleich dahin.

Als ich mich einen Moment von diesem Anblick losriss, sah ich neben ihr eine ebenfalls bekannte Person: den Springreiter Alwin Schockemöhle. Offensichtlich hatten sie während des Fluges schon Bekanntschaft geschlossen.

Ich forderte beide auf, ihr Gepäck auf den Tisch zu legen und sich von der Dame bzw. dem Herrn in der Kabine durchsuchen zu lassen.

Zeitgleich kamen beide wieder zu mir, und ich bat sie um Aushändigung ihrer Pässe, gleichzeitig sollten sie ihre Koffer öffnen.

Herr Schockemöhle klappte den Koffer sehr schnell auf, ich tastete an dem Inhalt, ohne Besonderheiten festzustellen. Dann durfte er wieder alles verstauen und passieren.

Ebenso inspizierte ich den Kofferinhalt von Frau Rajter und bat sie noch die Kosmetiktasche zu öffnen.

Mit einer Stimme und Akzent, die einfach zu diesem Aussehen passten, monierte sie, dass ich Herrn Schockemöhle so schnell abgefertigt hätte und bei ihr sehr genau wäre. Mit einem Lächeln und großen Augenaufschlag meinte sie, dass es wohl vorteilhaft wäre, bekannter Springreiter zu sein und nicht nur Rajter zu heißen.

Nun konterte Herr Schockemöhle, der noch mit dem Verstauen seines Passes beschäftigt war, halb auf Plattdeutsch, dass bei ihm im Koffer nur wenige „Unnerbüxen" seien, bei Frau Rajter, aber etliche wohlgeformte Spitzen-BH. Diese lagen in großer Anzahl tatsächlich oben auf dem Koffer.

Frau Rajter errötete leicht, ich auch, und dann ließ ich sie mit einem „Guten Tag" schnell passieren, nicht ohne noch einen Blick von hinten zu wagen.

## 8.3. Ulrike Meinhof, Terroristin

Im Frühjahr 1972 war die Rote Armee Fraktion (RAF) sehr aktiv. Von staatlicher Seite war man bemüht, Personen aus dem Umfeld der RAF habhaft zu werden. Verschiedenste Strategien wurden erdacht. Überlegungen waren, dass Terroristen mit PKW mobil sind, die Autobahnen meiden, vor allem Bundesstraßen benutzen und das Tageslicht scheuen. Es gab wohl auch Hinweise, dass sich zu diesem Zeitpunkt TOP-Terroristen im norddeutschen Raum aufhalten könnten. So entstand die nächtliche Linienfahndung mit Kennzeichenlisten.

Die Linie war der fast 400 Kilometer lange Mittellandkanal von Wolfsburg bis zum Dortmund-Ems-Kanal. Um vom Süden Richtung Norden zu gelangen oder umgekehrt, muss man zwangsläufig den Mittellandkanal queren.
Nach den Vorstellungen der Polizeiführung sollten an sämtlichen Übergängen Posten stehen. Sie sollten an mehreren Nächten

hintereinander alle Fahrzeugkennzeichen notieren. Aus den Kennzeichenlisten ließen sich dann theoretisch Bewegungsbilder von Fahrzeugen selektieren. Für dieses Unterfangen war aber eine Vielzahl an Beamten erforderlich.

Ich war 1972 Angehöriger der Hannoverschen Bereitschaftspolizei. Zwei Beamte – möglichst ein einheimischer Einzeldienstbeamter und ein Beamter der Bereitschaftspolizei – sollten jeweils pro Kanalquerung diese Aufgabe übernehmen.

Am 14. Juni 1972 wurde ich mit einem Beamten des Polizeireviers Lehrte an der Brücke B 65 zwischen Haimar und Evern eingesetzt. Dort war ich nie zuvor. Wir wurden mit Bussen zu den Standorten gebracht und waren nur mit 2-m-Handsprechgeräten ausgestattet. Die Reichweite war so gering, dass wir nur den Nachbarposten erreichen konnten.

Der ältere Kollege war in der Vornacht bereits eingesetzt gewesen und machte nun noch einmal mit mir Nachtdienst. Er hatte schon Erfahrung. Ausgestattet war er mit
158

einer Zeltplane und Schlafsäcken. Beides war bitter nötig. Es regnete leicht und war sehr stürmisch. Wir lagerten von 22 Uhr bis 6 Uhr geschützt und doch mit Blick auf die Fahrbahn. Anfangs nahm ich meinen Auftrag noch sehr ernst und notierte fleißig die Kennzeichen aller querenden Fahrzeuge. Im Laufe der Nacht wurde der Verkehr immer geringer. Mein Begleiter empfand dies alles als Unsinn. So verhielt er sich auch. Und er hatte jede Menge Proviant mit, auch flüssigen in Form einer Flasche Weinbrand.

Trank er zuerst eine halbe Dose Cola aus, mischte er anschießend den Rest mit Weinbrand.

So war er nach kurzer Zeit auch nicht mehr einsatzbereit. Sein Angebot, mitzutrinken, lehnte ich ab, aber da unsere Unterhaltung auf das Notwendigste beschränkt war, schlief ich irgendwann in meinem Schlafsack ein. Durch die Schnarch-geräusche meines Kollegen wurde ich am frühen Morgen wach und schrieb noch einige Kennzeichen auf. Gegen 6 Uhr wurden wir wieder „eingesammelt".

An diesem Tag verbreitete sich sehr schnell, dass Ulrike Meinhof in Langenhagen verhaftet wurde. Spätere Ermittlungen ergaben, dass sie aus Richtung Braunschweig kam. Mit hoher Wahrscheinlichkeit muss sie in der Nacht an unserem Standort vorbeigefahren sein.

Ob man unsere Kennzeichenliste ausgewertet hat, kann ich nicht sagen. Vollzählig war sie nicht. Der Gesamteinsatz wurde aber so publiziert, dass die Maßnahme „sehr erfolgreich" war.

## 8.4. Klaus Kauroff, Catcher

Anfang bis Mitte der 70er-Jahre fanden in Hannover die größten Catch-Turniere der Welt statt. Ein sehr beliebter - für seine Ring-Gegner sehr unbeliebter - Lokalmatador war Klaus Kauroff aus Garbsen, auch der „Garbsener Dampfhammer" genannt.

Catcher waren durchweg grimmig dreinschauende, starke Buben. Der damals 30-Jährige war ein Koloss von Mann, dem man nicht im Dunklen begegnen möchte.

Ich versah damals Dienst beim Polizeirevier Garbsen. Auch die dortigen Polizeibeamten hatten den Ruf, dem körperlichen Einsatz nicht abgeneigt zu sein.

Allgemein war bekannt, dass zur Zeit des Turniers eine Vielzahl der Catcher in einem Hotel in Garbsen unterkamen. Auch war es kein Geheimnis, möglicherweise dem Alkoholgenuss geschuldet, dass es in den späten Abendstunden dort dann auch mal lauter wurde.

Nun kam es Jahr für Jahr während dieser Zeit zu Beschwerden aus der Nachbarschaft und von anderen Gästen. Was wiederum einen polizeilichen Einsatz zur Folge hatte.

Auch wenn einigen Beamten der körperliche Einsatz zusagte, waren wir der Schar der Berufscatcher hoffnungslos ausgeliefert. Niemand wollte diese Einsätze übernehmen.

In diesem Nachtdienst ging es wohl besonders hoch her. Jedenfalls waren die Beschwerden massiv und eine telefonische Kontaktaufnahme mit der Hotelleitung blieb erfolglos. Also musste ich mit einem noch jüngeren Kollegen das Hotel aufsuchen.

Vor Ort brauchten wir nur dem Lärm folgen und landeten in der Hotelbar. Da saßen die Gladiatoren, leicht bekleidet, die Muskelberge protzend zur Schau gestellt. Furchterregend!

„Guten Abend, mein Name ist Hauptwachtmeister Henze. Wir haben bereits Sperrstunde. Die Bar ist ab sofort geschlossen und hier herrscht jetzt Ruhe, sonst ... "

Nein, das hätte nicht geklappt.

Also ganz vorsichtig: „Die Nachbarn können nicht schlafen. Können Sie bitte etwas leiser sein."

162

„Das musst du aber schon mit Gewalt durchsetzen. Mal sehen, ob du es mit mir aufnehmen kannst", sagte ein kahlköpfiger, rundlicher Kraftprotz, den ich als den einheimischen Catcher Klaus Kauroff erkannte.

Ich war zwar damals ein hervorragender Leichtathlet, aber mit meinen 1,88 m und 70 kg Gewicht sah ich aus wie eine Bohnenstange.

„Herr Kauroff, wir wollen uns doch hier nicht streiten oder gar schlagen. Seien Sie doch vernünftig!"

„Zieh die Jacke aus und krempele die Ärmel hoch", entgegnete er. Dabei setzte er sich an einen Tisch und wischte mit dem Arm die Gläser vom Tisch, dass sie nur so gegen die Wand geschleudert wurden. Ich dachte jetzt nur noch an Rückzug, aber die anderen verstellten den Weg.

„Mach schon!", schrie er, saß am Tisch mit Ellenbogen auf der Platte und Unterarm in die Höhe. Wollte der mit mir einen „Ausdrücken"?

Das Gejohle in der Bar war groß, die Stimmung am Überkochen. Ein anderer Hüne schrie den Kellner an: „Neue Runde, hier geht die Luzie ab!"

Am Tisch lächelnd zwinkerte mir Kauroff zu und sagte: „Sei kein Spielverderber, wenn du gewinnst gehen wir zu Bett."

Was sollte das Lächeln und das Zwinkern?

Ich machte es; krempelte die Ärmel hoch und hatte seine Pranke in der Hand. Ein Bild für die Götter. Diese massigen, fleischigen Arme und dieses dünne Hemd. Ich kam mir vorgeführt vor.

Nun spürte ich ein leichtes Drücken und hielt mit aller Kraft dagegen. Unsere Arme neigten sich mal nach links, mal nach rechts. Dann gab er nach, und ich hatte gewonnen.

„Der Junge hat ja Bärenkräfte, da komme ich nicht gegen an!", entfuhr es ihm. Er war ein toller Schauspieler, aber jeder wusste, dass er mich natürlich mit Absicht hatte gewinnen lassen.

„Weil du den Gag mitgemacht hast, gehen wir jetzt auch schlafen. Morgen ist ja noch ein harter Tag. Tschüss Jungs und danke für euren Besuch", so entließ er uns.

## 8.5. Georg Leber, Verteidigungsminister, James R. Schlesinger, US-Verteidigungsminister

Vom 3. Dezember 1973 bis zum 29. März 1974 absolvierte ich in Sögel im damaligen Kreis Aschendorf-Hümmling den Fachlehrgang II. Die Anfahrt legte ich mit meinem uralten Mercedes 190 mit Lenkradschaltung zurück. Er war in die Jahre gekommen, wurde unzuverlässig und die Reparaturen nahmen zu.
Ich beschloss, Anfang 1974 einen neuen Wagen zu kaufen. Es wurde ein quittengelber Ford Consul Coupé für 12.000 DM vom hannoverschen Autohaus Henschel und auch noch mit dem Wunschkennzeichen NRÜ-MH 99.

Die erste längere Fahrt war bei starkem Schneefall und glatten Straßen zu meinem Lehrgangsort im 180 Kilometer entfernten Sögel, ausschließlich auf Bundes- und Landstraßen. Auf der Bundesstraße 214 zwischen Nienburg und Sulingen erwischte es mich. Mit langsamer Geschwindigkeit rutschte ich in einer leichten Kurve von der Straße in den Seitengraben. Es vollzog sich für mich wie in Zeitlupe, und ich konnte nichts verhindern.

Zufällig kam ein Landwirt mit seinem Trecker vorbei, der mich aus dem Graben zog. Der neue Wagen war weiterhin fahrbereit, aber auf der gesamten rechten Fahrzeugseite mit Kratzspuren versehen. Die restliche Fahrt zum Lehrgangsort legte ich weinend im Wagen zurück.

Da der Winter lang war, wollte ich erst einmal keine Heimfahrt mehr antreten. Dies sollte noch zu einem besonderen Vorkommnis führen.


In Sögel waren wir in einer Holzbaracke innerhalb eines amerikanischen Kasernengeländes untergebracht. Wir, das war ein Hörsaal mit 30 Polizeibeamten. Ende Januar gab unser Hörsaalleiter bekannt, dass in der Kaserne am nächsten Wochenende hoher Besuch anstand.

Während seines Deutschlandbesuchs wollte der amerikanische Verteidigungsminister James R. Schlesinger, außerhalb des offiziellen Programms, die Kaserne in Sögel aufsuchen und einen Soldaten ehren. Begleitet werden sollte er von dem deutschen Verteidigungsminister Georg Leber.

Der Kasernenkommandant bat nun unseren Hörsaalleiter zu fragen, ob Polizeibeamte, die am Wochenende nicht nach Hause fahren, die Reihen der amerikanischen Soldaten auffüllen könnten. Sie sollten dafür an diesem Tag in eine amerikanische Uniform schlüpfen. Hintergrund war, dass die Kaserne viele unbesetzte Dienstposten hatte. Da ich am Wochenende nicht nach Hause fuhr und einige andere Lehrgangskollegen auch nicht, willigten wir für dieses einmalige Abenteuer ein.

Es sollte ein zwangloser Empfang an Stehtischen sein. Geplant waren lediglich zwei Reden, die Ehrung und ein kurzer Smalltalk mit Soldaten. Als unbedarfter 21-jähriger Polizeibeamter war dies für mich ein großartiges Ereignis.

Das Vorfahren der Kolonne großer Fahrzeuge, die Sicherheitsvorkehrungen, die Bodyguards, alles wie im Film.

Nach den Reden und der Ehrung gaben sich die beiden Verteidigungsminister sehr volksnah. Sie gingen einfach von einem Stehtisch zum anderen. Wir fünf deutschen

Polizeibeamten hatten die Instruktion, uns zurückzuhalten.

Auch Minister Leber, immer begleitet von einem Dolmetscher, ging durch die Reihen und sprach Soldaten an. Wobei sich die Fragen wiederholten: „Wie gefällt es Ihnen in Deutschland?" „Wo kommen Sie her? Wie lange sind Sie schon hier? usw.

Mit dem Rücken zu mir stand er am Nachbartisch. Unvermittelt drehte er sich um und fragte mich, wo ich herkomme. Bevor der Dolmetscher übersetzten konnte, antwortete ich ganz spontan: „Aus Neustadt!"

„Oh, Sie sprechen deutsch. In Deutschland gibt es auch viele Orte die Neustadt heißen. Wo liegt Ihre Stadt?" fragte er weiter.

Ich sagte nur: „In Texas."

„Grüßen Sie mir Neustadt", sagte er und ging weiter.

Nach über 40 Jahren hole ich die Grußbestellung in diesem Buch nach.

## 8.6. Ernst Albrecht, Ministerpräsident, Ursula v. d. Leyen, Verteidigungsministerin

Ernst Albrecht wurde am 6. Februar 1976 überraschend zum Nachfolger des zurückgetretenen Ministerpräsidenten Alfred Kubel gewählt. Die Wahl traf viele Verantwortliche unvorbereitet, so auch die Polizeiführung.
Der Wohnort eines Ministerpräsidenten bedarf grundsätzlich einer polizeilichen Überwachung, einer sogenannten Objektschutzwache (OSW). Diese war bei der Familie Albrecht nicht im Entferntesten angedacht. Die Großfamilie, Ehepaar mit sieben Kindern, wohnte in einem älteren Gebäude Mitten im Sehnder Ortsteil Ilten.

## 8.6.1. Der Beginn des Objektschutzes in Ilten

Es war ein Freitag. Das Wochenende stand bevor. Ich machte Dienst auf der kleinen Polizeistation Berenbostel. Am Nachmittag ereilte den dortigen Beamten ein Telefonat der vorgesetzten Dienststelle. Es mussten kurzfristig für Samstag und Sonntag, jeweils von 6 bis 18 Uhr, zwei Beamte vor dem Haus des neuen Ministerpräsidenten postiert werden. Zusammen mit einem Kollegen meldete ich mich freiwillig für diese Aufgabe.

In aller Frühe am Samstagmorgen standen wir mit einem Funkstreifenwagen vor dem Haus. Abwechselnd gingen wir eine Fußstreife im Nahbereich oder saßen im Fahrzeug. Gegen 8 Uhr klopfte es plötzlich an die Scheibe des Streifenwagens. Es war Frau Albrecht, die uns zum Frühstück ins Haus einlud. Das war eine unerwartete Überraschung. Verwirrt schauten mein Kollege und ich uns an, folgten der Einladung dann aber gern.

Die gelöste Stimmung am riesengroßen Küchentisch, das Stimmengewirr, die unbefangene Normalität einer Großfamilie beeindruckte mich. Wir wurden empfangen, als wenn wir schon lange zur Familie gehörten, völlig unkompliziert, keine Berührungsängste vor der Uniform.

Frau Albrecht bot uns Plätze zwischen den Kindern an. Der Hausherr war nicht zugegen. Brötchen, Marmelade wurden uns gereicht, gelacht, erzählt und Unfug gemacht, z. B. setzten die Kinder die Dienstmütze spaßeshalber auf oder zupften an der Uniformjacke.

Dabei sprang bei mir auch ein Knopf der Jacke ab. Ich musste auf Geheiß von Frau Albrecht sofort die Jacke ausziehen, und sie nähte mir den Knopf wieder an. Was ich verschwiegen hatte: Der Knopf hatte sich bereits schon vor geraumer Zeit gelöst und wie als Notbehelf bei Junggesellen üblich, hatte ich ihn mit einem Streichholz von innen befestigt.


Am Tisch saß auch eine sehr hübsche 17-jährige Gymnasiastin, die „Röschen" genannt wurde. Sie hatte ein äußerst charmantes Lächeln, was bei mir als 23-

171

Jährigem eine „innere Wärme" auslöste. Aber wir waren ja bei unserem obersten Dienstherrn, da hieß es ausnahmslos: korrekt benehmen!

## 8.6.2. Die Objektschutzwache in Beinhorn

Drei Jahre später war ich als Dienstabteilungsführer (DAF) bei der Objektschutzwache tätig. Ich hatte zwischenzeitlich die Lehrgänge zum Aufstieg in den gehobenen Polizeivollzugsdienst absolviert und die Familie Albrecht hatte in Beinhorn bei Burgdorf ein wunderschönes neues Zuhause gefunden. Es war ein parkähnliches Grundstück mit großzügigem Gebäude. Die Objektschutzwache war mit dem Wohngebäude verbunden.

Die früheren zwei Beamten aus Ilten wurden nun durch die erforderliche Anzahl von elf Beamten ersetzt. Jeweils eine Stunde waren zwei Doppelstreifen im Nahbereich mit zivilen Streifenwagen unterwegs, zwei Beamte gingen um das Grundstück bzw. Gebäude Fußstreife, und ein Beamter hielt sich in einem „Kabäuschen" an der Zufahrt zum Grundstück auf.

Die restlichen drei Beamten hatten jeweils in der Objektschutzwache Pause. Da zur Überbrückung in der Regel Doppelkopf gespielt wurde, musste der DAF immer der „vierte Mann" sein. Oftmals entfielen die vorgeschriebenen Kontrollgänge.

Der Kontakt zur Familie blieb immer sehr warmherzig und angenehm. Ein Pläuschchen beim zufälligen Begegnen war immer drin.

### 8.6.3. Der Felsstein an der Toreinfahrt

1980 baute ich im Neustädter Stadtteil Poggenhagen mit meiner Frau ein Haus. Zur Anlage des Gartens „sammelte" ich eifrig große Feldsteine, die der Einfassung von Blumenbeeten dienten.

Ein besonders schöner, wie ein Hinkelstein geformter Stein, lag an der Zufahrt zum Grundstück der Familie Albrecht in Beinhorn. Ich hätte ihn gern in Poggenhagen verwendet. Aber ich konnte ihn ja nicht einfach mitnehmen. Nein, ein Diebstahl schied aus.

Als ich bei schönstem Sommerwetter mit Frau Albrecht mal wieder im Garten einen Plausch hielt, wies ich darauf hin, dass der dortige Feldstein den Querschnitt der Zufahrt einschränkte und im Notfall für Einsatzfahrzeuge ein Problem werden könnte. Ohne rot zu werden, trug ich dieses Geflunkere vor.

Den Argumenten begegnete Frau Albrecht sehr einsichtig und hatte nichts dagegen. Damit er nicht irgendwo anders hinderlich wäre, würde ich ihn als Andenken an meine

Zeit in Beinhorn gern abtransportieren. Frau Albrecht stimmte meinem Vorschlag zu. Nach Schichtende im Spätdienst fuhr ich mit dem Käfer meiner Frau bis zur Einfahrt und versuchte mit zwei Kollegen den schweren Stein im Auto unterzubringen, was aber aussichtslos war.

Frau Albrecht sah dies und begab sich zur Toreinfahrt. „Mit Ihrem Käfer können Sie den Stein doch nicht transportieren", sagte sie und machte einen überraschenden Vorschlag. „Nehmen Sie doch unseren Wagen und bringen ihn morgen früh wieder." Es war ein älterer VW Passat Kombi. Darüber hinaus holte Frau Albrecht aus dem Schafstall zwei Jutesäcke. „Rollen Sie den Stein dort hinein, und mit vier Mann kann man ihn in den Kofferraum bugsieren". Gesagt, getan, es klappte hervorragend.

Mit äußerst schlechtem Gewissen verließ ich das Grundstück in Richtung Poggenhagen. Liebe Frau Albrecht, im Nachhinein herzlichen Dank und wenn Sie es im Himmel hören, Entschuldigung für die „Notlüge". Ich halte den Stein in Ehren. Er befindet sich immer noch in unserem Garten.

176

### 8.6.4. Im Rettungsschacht steckengeblieben

Die Objektschutzwache musste auf viele Eventualfälle und Notsituationen vorbereitet sein. So wurde auch daran gedacht, die Familie Albrecht in die besonders geschützte „Zelle" Objektschutzwache bei einem Anschlag zu evakuieren. Für diese Zwecke wurde ein sogenannter Kriechgang vom Schlafzimmer des Ehepaares in die Wache geschaffen. Dies sah so aus, dass im Kniestock des Schlafzimmers eine kleine Tür war, durch die man in einem Schacht zur Decke der Wache gelangte und mithilfe einer Leiter in den Raum heruntersteigen konnte.

Wie schon an anderer Stelle erwähnt, war in der Wache in der Regel das Doppelkopfspiel angesagt. Aber, und darüber freute ich mich besonders, gab es auch Kollegen, die das Spiel nicht beherrschten. Dies waren dann meine Pausen. Andererseits machte sich bei den Kollegen die Langeweile breit, und man kam auf ausgefallene Ideen.

Als ich die spielfreie Zeit für einen Kontrollgang nutzte, kletterte ein besonders korpulenter Kollege die Leiter zum Kriechgang hoch. Die Neugierde, was sich dahinter befände, war wahrscheinlich für den Beamten nicht auszuhalten. Mit dem Kopf voran muss er sich in dem engen Gang bis zur Kniestocktür vor dem Schlafzimmer des Ehepaares Albrecht vorgerobbt haben. Vielleicht hat er sie auch einen Spalt geöffnet und einen Blick ins Schlafzimmer schweifen lassen.

Jedenfalls kam ein anderer Beamter völlig atemlos hinter mir hergelaufen und berichtete, dass der Beamte in dem Gang steckengeblieben war, und er weder vor noch zurück könne. Das Ehepaar Albrecht habe vermutlich noch nichts davon bemerkt.

Allen Beamten des Nachtdienstes waren die Konsequenzen bei Aufdeckung des Missgeschickes an ihren Gesichtern abzulesen. Wir mussten schnell und sehr leise handeln!

Das Problem begann schon mit der Kommunikation zu dem „Eingepferchten". Wir versuchten, ihm an einem dünnen Stock einen Zettel mit Instruktionen hinzu-

178

schieben. Dies gelang auch, aber für ihn war es zu dunkel, um irgendetwas auf dem Papier zu erkennen.

Mangels Möglichkeiten blieb dann nur eine Methode: ein Tau um die Beinfessel und mit vereinten Kräften ziehen.

In aller Eile wurde aus einem Funkstreifenwagen ein Abschleppseil geholt und dem Beamten im Schacht um die Beine gebunden. Mit drei Kollegen wurde nun das Seil in Richtung Ausgang gezogen. Wahrscheinlich kam uns die Jahreszeit zu Gute, denn der in Not Geratene hatte für den Nachtdienst viele Schichten an Kleidung angezogen. Als sich sein massiger Körper in Bewegung setzte, war ein Aufatmen zu spüren. Nach gelungener Rettung saß er wie ein Häufchen Elend in der OSW. Vorwürfe an seine Person waren entbehrlich. Er sah seine Missetat unumwunden ein. Dazu kam noch ein Weiteres. Als er uns seine Fußfesseln zeigte, war die Druckmarke des Abschleppseiles deutlich zu sehen. Er gab uns zu verstehen, dass er beim Ziehen kaum auszuhaltende Schmerzen verspürt hatte. Strafe muss sein!

## 8.6.5. Heiligabend im trauten Familienkreis

Es hatte schon Tradition, dass am Heiligabend die Beamten des Spät- und des Nachtdienstes ins festlich geschmückte Wohnzimmer des Ministerpräsidenten gebeten wurden. Auch der Ablauf wiederholte sich jährlich. Es wurde Tage vorher schon eine Uhrzeit verabredet, sodass zu diesem Zeitpunkt alle im Dienst befindlichen Beamten in der Wache waren. Dann gingen wir geschlossen pünktlich hinüber.

Wir wurden vom Ministerpräsidenten, seiner Gattin und allen Kindern empfangen. Herr Albrecht bedankte sich in einer kleinen Ansprache für die geleistete Arbeit und wünschte allen ein beschauliches, ruhiges Fest. Dann sangen wir gemeinsam am Tannenbaum einige Weihnachtslieder, wobei wir instrumental hervorragend von den musikalischen Kindern begleitet wurden.

Anders als die Stimmen der Polizeibeamten klangen die des Ehepaars Albrecht als auch von der Tochter Ursula „Röschen" (heute von der Leyen) sehr viel professioneller. Anschließend erhielt jeder Beamte ein Kekspaket der Firma Bahlsen.

Weihnachten 1982 war es einmal anders. Zwar fragte ein Familienmitglied wie immer, ob sich die Beamten ein bestimmtes Weihnachtslied wünschten. Doch gegenüber dem Schweigen in den Vorjahren äußerte diesmal ein älterer Beamter die Bitte, ein schlesisches Weihnachtslied zu singen.

Erschrecken machte sich am Tannenbaum breit, zumindest bei den meisten Polizeibeamten. Keiner kannte den Text, geschweige denn die Melodie. Das Ehepaar Albrecht war allerdings gar nicht überrascht, sondern freute sich über die Abwechslung. Es bat den Beamten einmal den Text aufzusagen und die Melodie zu summen. Der Beamte Weidemann - da er immer blitzsaubere, gewienerte Schuhe trug, nannten ihn alle „Domestos" - begann uns das Lied vorzusingen, wobei der Text sehr einprägsam war.

Beim zweiten Ansingen stimmten schon die Kinder instrumental mit ein und beim

181

dritten Anlauf klappte es sehr gut. Es kam bei allen Anwesenden nicht nur Freude, sondern auch eine gemeinsame, feierliche Stimmung auf. Alle hatten offensichtlich ihren Spaß an dem Besonderen. Mir persönlich fiel anschließend ein „Stein vom Herzen", hatte ich nach dem Vorschlag doch schon mit einem peinlichen Schweigen gerechnet.

Wie jedes Jahr konnte ich mich beim Ministerpräsidenten und seiner Familie für die Gastfreundschaft und die Geschenke bedanken.

## 8.6.6. Fußball ins Gesicht

An einem verregneten, grauen Herbstsonntag hatte ich Dienst in Beinhorn. Eigentlich scheuchte man bei diesem Wetter keine Fußstreife um das Haus des Ministerpräsidenten. Aber Pflicht ist Pflicht und so mussten die Kollegen ihre Aufgabe erfüllen. Als kleinlicher Vorgesetzter überprüfte ich dies natürlich auch. Mit hochgeschlagenem Kragen ging ich auf den mit Pfützen übersäten Hof vor dem Albrechtschen Haus.

Dem jüngsten Sohn der Familie war es im Haus wahrscheinlich auch zu langweilig. Er spielte nämlich ganz allein mit einem Lederball am Fuß. Als leidenschaftlicher Fußballer rief ich von weitem: „Spiel doch mal ab!" Und schon rollte der Ball auf mich zu. Völlig unüberlegt und spontan drosch ich den verlockend auf mich zurollenden Ball mit dem Spann zurück. Schon als der Ball meinen Fuß verließ, verspürte ich das Unheil. Der alte Lederball hatte viel Wasser der Pfützen aufgesaugt und war sehr schwer geworden. Wie ein Geschoss sauste der Ball in Richtung Söhnchen Albrecht und traf ihn mitten ins Gesicht. Benommen taumelte er hin und her. Das Muster des Balles mit seinen Nähten war deutlich im Gesicht abgedruckt. Und schon fing er herzzerreißend an zu weinen und lief ins Haus.

Ich erwartete nun ein Donnerwetter von der ihren Sohn behütenden Mutter und damit verbunden erhebliche Vorwürfe wegen meines unvernünftigen Verhaltens. Die Streifenkollegen hatten zwischenzeitlich den Vorfall mitbekommen und grinsten sich eins. Ich ging mit gesengtem Haupt in die Objektschutzwache und wartete. Es herrschte nach meinem Eindruck die Ruhe vor dem Sturm.

Zur nächsten vollen Stunde erfolgte ein Wechsel der Streifen, und ich war allein in der Wache. Plötzlich erschien Frau Albrecht. Äußerst freundlich, wie es immer ihre Art war, begrüßte sie mich und fragte, ob sie gerade stören würde. Dies verneinte ich sehr höflich in Erwartung einer Schelte. Doch Frau Albrecht fragte, ob ich noch die Samstagszeitung hätte. Sie läse mit Begeisterung jede Woche den Sonderteil „Der 7. Tag", hatte ihre Zeitung aber

184

verlegt. Nach einem allgemeinen Gespräch über das schlechte Wetter gab ich ihr die Wochenendausgabe der Zeitung. Beiläufig fragte ich nach dem Befinden ihres jüngsten Sprösslings, da ich ihn mit dem Ball ins Gesicht getroffen hätte. Mit ihrer netten, lauten Stimme sagte sie nur, dass ein richtiger Junge so etwas abkönnen müsste und verschwand im Nieselregen schnell über den Hof laufend ins Haus.

Gespannt kamen die Kollegen nun in die Wache und waren neugierig auf die Folgen meines „Fouls". Ich ließ sie im Ungewissen.

## 8.7. Joseph Beuys, Künstler

1977 besuchte ich im Rahmen der Aufstiegsausbildung die sogenannte Oberstufen-Klasse in Hannoversch Münden. Zum Lehrinhalt gehörte auch ein Besuch der Documenta in Kassel. Begeisterung war uns beamteten Schülern nicht anzusehen, aber es war immerhin ein unterrichtsfreier Tag.

Wir hatten vorher abgesprochen, dass sich jeder für sich bei der Ausstellung frei bewegen konnte. Trotzdem bildeten sich kleine Gruppen, die zusammenblieben.

Eigentlich waren wir alle Kunstbanausen. Und die Künstler, die anwesend waren, sahen auch eher ungewöhnlich aus. Unser Deutschlehrer war ein verkannter Schriftsteller, also hatte auch er eine sehr starke künstlerische Ader. Das bekamen wir im Unterricht bei der Lesung seiner eigenen Werke zu spüren. Kaum einer hatte verstanden, was er mit seinem Geschriebenen ausdrücken wollte.

Als wir so in uns versunken durch die Räumlichkeiten schlenderten, hielt unser Lehrer plötzlich inne, als hätte er einen Geist gesehen.

Der dünnhäutige Mann, der vor uns stand, sah auch von der blassen Gesichtsfarbe wie ein Geist aus. Seine Kleidung verriet ebenfalls nichts Normales: Jeans, weißes Hemd, rote Weste, Filzhut.

Voller Bewunderung stellte unser Lehrer den Künstler Joseph Beuys vor. Der fühlte sich wohl aufgefordert, uns eine kurze Strecke zu begleiten. Er stellte mit ganz leisen Worten einige seiner Werke vor, die zumindest für mich im eigentlichen Sinne keine Kunstwerke waren. Aber das ist Geschmackssache. Er behauptete selbst bei unserem wortlosen Innehalten, dass er eine besondere Art Kunst machte; meinte aber, dass in jedem von uns ein Künstler steckte.

Ich schäme mich heute noch, dass ich diesen begnadeten Künstler nicht kannte und seinen Worten nicht mehr Aufmerksamkeit schenkte. Aber oftmals erkennt man das Genie erst im Nachhinein. Sicherlich bemerkte er unser Desinteresse, unser mangelndes Kunstverständnis. Im

Weggehen fragt er uns, was für eine Klasse der Erwachsenenbildung wir seien. Als wir Polizeikommissare antworteten, ging er kopfschüttelnd und die Hand am Kinn seiner Wege.

Seine Gestik habe ich im Nachhinein oftmals zu deuten versucht, kam aber nie zu einem Ergebnis.

## 8.8. Franz-Josef Strauß, Ministerpräsident

1978 waren in Niedersachsen Landtagswahlen. CDU-Spitzenkandidat auf Landesebene war Ernst Albrecht. Für den Landtag kandidierte Michael Baldauf. Als Gastredner stellte sich Franz-Josef Strauß für den Wahlkampf zur Verfügung. In einem völlig überfüllten Zelt in Eilvese wurde der Prominente erwartet.

Wohlbeleibt schritt er einem Gladiator gleich in die Arena. Der ebenso beleibte Neustädter Bürgermeister Henry Hahn begrüßte ihn herzlich.

Und Strauß hielt, was sein Name versprach; eine flammende, emotionale Rede, wobei er sich fast völlig verausgabte. Das Zelt bebte, die Stimmung war siegessicher. Nach der Veranstaltung führte man ihn schweißgebadet zu seinem Fahrzeug zurück. Die Menschenmassen bildeten eine Gasse, durch die er teilweise gestützt durchschwankte. Apathisch saß er hinten in seiner Limousine. Personenschützer fuhren vorweg und hinterher.

Zu dieser Zeit war ich in der Aufstiegsausbildung. Die sogenannte O-Klasse hatte ich absolviert, der anstehende Fachlehrgang III zur Ernennung zum Kommissar stand noch bevor.

Ich war zum Polizeirevier Neustadt abgeordnet worden. Die ideale Zeit für den Einsatz als Führungsassistent und dieser war ich am 24. Mai 1978. Ein Heimspiel, da ich gebürtiger Neustädter bin. Ortskenntnisse waren vorhanden, Land und Leute kannte ich.

Der gesamte Einsatz lief reibungslos, bis zu dem Zeitpunkt, als Michael Baldauf mit einer abgewetzten Lederaktentasche zu mir kam, die Franz-Josef Strauß an seinem Platz vergessen hatte.

In einem kleinen internen Kreis wurde beraten. Aussprüche wie, „da können wichtigste, geheime Unterlagen drin sein", wurden geäußert bis hin zu, „darf nicht in verkehrte Hände geraten". Eine staatstragende Situation.

Zwei alteingesessene Neustädter Schutz-leute kamen auf die schlichte Idee, den Fahrzeugkonvoi des Ministerpräsidenten über Funk zu stoppen, um dann dem Eigentümer die Tasche zu übergeben. Der

Entschluss fiel schnell und wurde in die Tat umgesetzt.

Der Konvoi hatte höchstens zwanzig Minuten Vorsprung.

Diese Zeit reichte aber aus, um den Beifahrer des Verfolgungsfahrzeugs neugierig zu machen. Und so kam es im Funkstreifenwagen zu dem größten Geheimhaltungsbruch in Neustadt.

In der alten Lederaktentasche waren etliche lose Schreibmaschinenseiten älteren Datums und zwei Stullenpakete im Frischhaltepapier. Mit was die Brote beschmiert waren, ging doch zu weit in die Privatsphäre.

Die Übergabe fand an der B 6 Höhe Heidehaus statt. Ein Personenschützer übernahm die Tasche. Strauß, ganz Staatsmann, hob zum Dank winkend den Arm.

Bisher hatten nur die beiden Kollegen und ich Kenntnis vom Tascheninhalt. Aber nach so einer langen Zeit ist es längst kein Geheimnis mehr.

## 8.9. Uli Hoeneß, Fußballnationalspieler

Erste Erfahrungen im Einzeldienst sammelte ich im Wechselschichtdienst beim Polizeirevier Garbsen. Aber bereits 1974 ergab sich die glückliche Situation, dass ich Früh- und Spätdienst bei der Polizeistation Berenbostel versehen durfte. Eine spannende und lehrreiche Zeit.

Der Zuständigkeitsbereich der Station war sehr ländlich geprägt. Großflächige Waldbereiche und viel Ackerland verbanden die kleinen Dörfer. Die Menschen wohnten dort über Generationen. Die Familiennamen wiederholten sich. Man kannte sich eben. Das Verhältnis zur Polizei war im Übrigen sehr vertrauensvoll.

Der Höhepunkt in meiner erst kurzen Polizeikarriere war anschließend für wenige Monate die Arbeit als Polizeieinzelposten in Osterwald, bevor er aufgelöst wurde. Das Einschreiten war schon etwas Besonderes, allein und auf sich selbst gestellt. Land und Leute musste ich kennenlernen, was aber auf Grund meines Ehrgeizes und Diensteifers zügig ging.

Schon nach kurzer Zeit kannte ich mein Revier wie meine „Westentasche", die Dorfstraßen, Verbindungswege, Feld- und Waldwege, Abkürzungen, Schleichwege usw. Dies sollte mir später einmal bei einem ganz besonderen Einsatz zu Gute kommen.

Ab 1979 war ich nach dem Laufbahnwechsel als Dienstabteilungs-führer beim Polizeirevier Barsinghausen tätig.

Am 17. Februar 1982 hatte ich bis 22 Uhr Spätdienst. Unsere Schichtstärke betrug vier Beamte. Dies ließ es zu, dass ein Beamter etwas früher hätte Feierabend machen können. Eigentlich wollte ich das für mich in Anspruch nehmen. Am Abend fand im Niedersachsenstadion nämlich das Fußballländerspiel Deutschland gegen Portugal statt. Karten hatte ich aufgrund des Dienstwagnisses zwar nicht, aber als Fußballbegeisterter wollte ich das Spiel zumindest vor dem Fernseher verfolgen.

Gegen 20 Uhr kam vom Lage- und Führungszentrum „Weser" der

193

Rundspruch, dass ein Kleinflugzeug beim Landeanflug auf den Flughafen Langenhagen vermisst wurde. Ein Absturz konnte nicht ausgeschlossen werden.

Es ist üblich, dass bei einem solchen Einsatz sich Funkstreifenwagen (Fustw) freiwillig für einen Sucheinsatz anbieten.
Da Langenhagen zuständigkeitshalber zur Einsatzzentrale „Hanno" der Landeshauptstadt gehört, das Umland aber von „Weser" betreut wird, gab es einen kleinen „Schlagabtausch", wer das Sagen hatte.

Der Beginn der Aktion war, wie üblich, ziemlich unkoordiniert. Fahrzeuge meldeten sich mit Rufnamen an und fragten nach ihrem Einsatzort. Alle Fustw wurden erst einmal in Richtung Berenbostel und Osterwald geschickt.
Offensichtlich wurde auch auf verschiedenen Funkkanälen gesprochen.

Im Polizeidienstgebäude Barsinghausen saßen wir zu viert auf der Wache. Ich fragte in die Runde, ob wir uns auch mit einem Wagen anbieten sollen?

Die Kollegen hatten keine Meinung und überließen es mir. Ich rief nun über die Polizeileitung bei der Bezirksregierung Hannover bei „Weser" an und fragte den Kommissar vom Lagedienst (KvL), ob „Anton 02", so unser Rufname, auch ein Fahrzeug entsenden soll.

Der KvL war ein Lehrgangskollege von mir, der kumpelhaft sagte, dass genügend Fustw eingesetzt wären, dazu reichlich Feuerwehrleute und ich lieber nach Hause fahren sollte, um das Länderspiel zu sehen. Er konnte aber nicht innehalten und verriet mir, dass im vermissten Flugzeug bekannte Sportler sitzen sollten.

Das machte mich noch neugieriger, und ich sagte ihm, dass ich perfekte Ortskenntnisse hatte. Nun stimmte er einem Einsatz von „Anton 02" zu. So fuhr ich zusammen mit meinem Hauptmeister mit „Anton 23" in den etwa 25 Kilometer entfernten Bereich Richtung Berenbostel/Osterwald.

Zwischenzeitlich funkten die eingesetzten Kräfte auf einem Sonderkanal. „Hanno" schickte seine Fustw auf einen Parkplatz an der L 390/Abzweig Heitlingen und „Weser" seine an die Ecke Hauptstraße/Osterwalder Straße in

195

Osterwald. An beiden Standorten lag sicherlich nicht ein abgestürztes Flugzeug. Die Funksprecher hatten offensichtlich nur wenig Ortskenntnis. Es wurde nun aber schon über Funk erwähnt, dass sich u. a. der Fußballer Uli Hoeneß und der Skiläufer Wolfgang Junginger in dem Flugzeug befinden sollten.

Ich hielt nun an und bat meinen Hauptmeister, den Fustw zu fahren. Ich wollte nämlich funken. Beim Umsteigen merkte ich erst, wie kalt und nass es war. Ich hatte auch den Eindruck, dass die Straße leicht überfroren war.

Als Besserwisser meldete ich mich nun mit meinem funktionsbezogenen Rufnamen „Anton 16" und setzte einzelne Fahrzeuge eigenmächtig für Bereiche ein. Als „Weser" und „Hanno" hörten, dass meine Wegbeschreibungen recht detailliert waren, kam sehr schnell der Funkspruch:
„Hier Weser an alle, die Einweisung der eingesetzten Fustw übernimmt ab sofort Anton 16. - Anton 16, haben Sie mitgehört? Sie sind nun Leiter der Suchaktion. Ich halte

Verbindung zu den benachbarten Kräften und werde Sie laufend informieren."

Ich konnte mir das Gesicht meines Lehrgangskollegen, dem KvL bei „Weser", gut vorstellen. „Nun soll er mal zusehen, wie er klarkommt. Er wollte es ja nicht anders." Das Gleiche las ich auch von den Lippen meines Hauptmeisters ab. Da hatte ich mir etwas eingebrockt und das mit den armseligen Hilfsmitteln: den Hörer des 2-m-Funkgerätes, ein 2-m-Handsprechfunkgerät mit begrenzter Reichweite, einer Taschenlampe am Brustknopf der Uniform und ein kleines Merkbuch mit Kugelschreiber auf dem Schoss.

Eine Landkarte malte ich mir sehr grob auf einer Doppelseite ins Merkbuch. Mein Prinzip: einfach Augen zu und im Gedanken die Strecken abfahren und dabei die Fahrzeuge einweisen. Dann kurz Augen auf und den Rufnamen auf der Position meiner Grobzeichnung unter dem Gefunzel der Taschenlampe eintragen.
Wenn Fustw meldeten, dass sie nicht weiterfahren konnten, weil der Boden zu weich wäre, bot ich eine Alternativstrecke

an. Gegen 20.30 Uhr war ich auch mit meinem Hauptmeister im Einsatzbereich angekommen.

„Weser" hatte nach Rücksprache mit dem Tower immer wieder genauere Angaben für einen Absturz erhalten. Wir konzentrierten uns jetzt auf das Gebiet zwischen der Hauptstraße und der L 380 sowie der Ortschaften Stelingen und dem Resser Moor. Eine Fläche von etwa zwei Quadratkilometern, die wir in Sektoren einteilten. Inzwischen waren wir neben Feuerwehr- und Rettungskräften mit etwa 20 Fustw beteiligt. Auch die ersten Schaulustigen und Reporter waren eingetroffen.

Obwohl reger Funkverkehr herrschte, kamen keine erfolgversprechenden Hinweise. Gegen 21 Uhr meldete das Polizeirevier Garbsen, dass aus Heitlingen ein Notruf eingegangen sei. Ein Jäger sollte das abgestürzte Wrack gefunden haben. Ich wies einen Fustw zum Anrufer ein.
Einige Zeit später kam über Funk die Meldung, dass das abgestürzte Flugzeug gefunden wurde. Im Geländewagen des
198

Jägers sollte vor Ort sogar ein Überlebender liegen.

Als die Position kurz vor 22 Uhr bekannt war, wurden Kräfte von Polizei, Feuerwehr und Rettungsdienst am Unglücksort gebündelt, um die dortigen erforderlichen Maßnahmen zu beginnen.

Ordnungsgemäß meldeten wir uns ab: „Anton 16 an alle, vermisstes Flugzeug gefunden, vielen Dank für den engagierten Einsatz. Weser, übernehmen Sie."

Zum Absturzort fuhren wir nicht. Einzelheiten konnte ich bereits am nächsten Tag in der Zeitung lesen.

## 8.10. Siegfried Lowitz, Schauspieler, Karl Schönböck, Schauspieler

Sich nach langer Zeit mal wieder mit alten Lehrgangskollegen zu treffen, verspricht einen feuchtfröhlichen, unterhaltsamen Abend, zuweilen auch Nacht.

In unregelmäßigen Abständen kommen wir mit bis zu zehn Ehemaligen zusammen. Die Ausrichtung bzw. Vorbereitung wechselt. 1988 war ich mal wieder dran.

Kleines Programm mit Besichtigung Sektkellerei, Bummel durch die Innenstadt und natürlich Besuch der Polizeidienststelle. Der Abschluss mit einem deftigen Essen und ungezählten Bieren fand im Hotel Sonnenhof statt. Wir waren in der Kellerbar allein und entsprechend ausgelassen.

Zu fortgeschrittener Stunde erschienen zwei ältere Herren, die die 70 Jahre schon reichlich überschritten hatten. Sie bestellten bei dem stadtbekannten Oberkellner zwei Weißwein und ließen sich zurückgezogen an einem Ecktisch nieder. Die Mehrzahl meiner Lehrgangskollegen erkannten die

Personen. Es waren die Schauspieler Karl Schönböck und Siegfried Lowitz, der viele Jahre in der Fernsehserie „Der Alte" den Kommissar spielte.

Wir merkten, dass uns von den beiden Herren vorwurfsvolle, abweisende Blicke erreichten.

Beim Servieren des Weines sprachen sie mit dem Oberkellner, der anschließend zu uns kam und uns bat, etwas ruhiger und zurückhaltender zu sein. Die beiden Schauspieler hätten einen Theaterauftritt absolviert und wollten jetzt den Tag ruhig und entspannt ausklingen lassen.

Dies sagten wir auch zu. Sehr voreilig, denn bei besonderen Themen erhitzten sich unsere Gemüter mit entsprechender Lautstärke, sicherlich auch dem reichlichen Alkoholgenuss geschuldet.

Wir kamen auch auf die Serie „Der Alte" zu sprechen. Unser Jüngster ließ sich dazu hinreißen, sich umzudrehen und zu fragen, welche Nummer sein Grundlehrgang in Hannoversch Münden hatte und wann er pensioniert wurde.

Ungehalten riefen die Herren den Oberkellner und verbaten sich diese dreiste

Belästigung. Der Oberkellner sollte uns des Hotels verweisen.

Natürlich waren sie im Recht, aber die Antwort des Oberkellners, der wie immer perfekt mit schwarzem Anzug und Fliege sowie einem weißen Tuch über einen Unterarm gekleidet war, hat uns überrascht: „Sie sind ja nur Kommissar im Fernsehen, und ich habe nur jetzt mit Ihnen zu tun, der da drüben ist aber Hauptkommissar, und mit dem muss ich jeden Tag auskommen! Deswegen bleiben die da!"

Abrupt standen die Herren auf und verschwanden in ihre Zimmer.

In späteren Jahren wurde der Oberkellner Hausmeister der Stockhausenschule in Neustadt. Wenn wir uns begegneten, lachten wir über diese Geschichte. Ein schlechtes Gewissen ist aber geblieben.

## 8.11. Matthias Reim, Sänger

Es war die Zeit der jungen Unternehmer, die in Abständen mit wenigen angeblichen Großveranstaltungen relativ schnelles Geld verdienen wollten.
So ein Veranstalter glaubte mit dem Engagieren eines Publikumslieblings für junge Leute finanziell zu punkten. In dem zu berichtenden Einzelfall ging die Rechnung auf, allerdings mit Publikums-schelte. Wie lief das Ereignis ab?

Ein nur örtlichen Insidern bekannter Sänger namens Matthias Reim wurde Anfang 1990 für ein geplantes Open-Air-Konzert auf dem Gelände der KGS im Spätsommer vertraglich engagiert. Entsprechend des geringen Bekanntheitsgrades soll er recht preiswert zu haben gewesen sein.
Zwischenzeitlich passierte aber etwas „Großes". Er brachte mit dem Lied „Verdammt, ich lieb´ dich" einen Hit auf dem Plattenmarkt, der monatelang die Nr. 1 war. ... und nun stieg sein Marktwert enorm.

Aber da gab es noch den alten Vertrag für ein Freiluftkonzert in Neustadt am Rübenberge. Natürlich war das Management vom Sänger bemüht, den Preis zu erhöhen bzw. das „kleine" Konzert ausfallen zu lassen. Aber Vertrag ist Vertrag.

Also liefen die Planungen. Herrichten des Geländes, Bühne, Zelte, Werbung, Absperrungen, Sicherheitsdienst, Polizei, Rettungsdienst, Ordnungsamt, Parkraum, Logistik usw. An vieles war zu denken.

Die Kooperationsgespräche mit dem Veranstalter waren aufgrund geringer Erfahrung mühselig. Aber es sollte doch alles gelingen. So kam der große Tag.

Was nicht zu beeinflussen war, war das Wetter. Es regnete nämlich Tage vorher so heftig, dass der Parkplatz einschließlich der Zufahrten aufgeweicht war. Es bildeten sich schon beim Aufbau tiefe Spurrillen, die mit Sägespänen ausgeglichen wurden.

Das Ereignis startete prächtig und die Atmosphäre war zu Beginn großartig. Das tolle Vorprogramm heizte die Menge an. Mit dem Auftritt von Matthias Reim sollte die Stimmung sieden.

Mit dem Management von Herrn Reim wurde Folgendes abgesprochen: Der Sänger sollte mit dem Auto anreisen und von der Autobahnabfahrt Herrenhausen zum Veranstaltungsgelände eskortiert werden. Standesgemäß fuhr der Sänger mit einem flachen Zweisitzer-Sportwagen vor. Auf dem Beifahrersitz ein sehr ansehnliches junges Mädchen.

Und dann begann das „Drama".
Zusammen mit dem Veranstalter und dem Leiter des Ordnungsamtes begleitete ich als Polizeieinsatzleiter Herrn Reim von seinem Fahrzeug zu seinem Garderobenzelt. Ein miesepetriger Mensch, der an allem etwas herumzunörgeln hatte und äußerst schlecht gelaunt war. Man merkte deutlich, dass ihm dieser Auftritt überhaupt nicht passte.
Aus dem Gespräch mit seinem Manager hörte ich heraus, dass der Auftritt nur wenige Minuten dauern sollte und nicht sicher war, ob er seinen aktuellen Hit singen würde.
Der ganze Auftritt war dann eine Katastrophe. Kein Lied live gesungen. Die Tonqualität vom Band sehr schlecht. Der Funke zu den vielen Besuchern sprang

nicht über. Äußerungen an das Publikum zwischen den Liedern waren teilweise beleidigend. Allerdings konnten auch nur die vorderen Reihen seine Worte verstehen. Unvermittelt verschwand er nach kurzer Zeit auch wieder von der Bühne.

Kamen anfangs noch zaghafte Zugabe-Rufe, ging die Stimmung in Buh-Rufe, schrilles Pfeifen und dem Werfen von Pappbechern Richtung Bühne über.

Ohne seine Garderobe noch einmal aufzusuchen, ging der Sänger laut fluchend direkt zu seinem Fahrzeug. Ein Ansprechen meinerseits hinsichtlich seiner Sicherheit ignorierte er völlig. Ich war Luft für ihn. Zu allem Überfluss knickte seine Begleitung mit dem hochhackigen Schuhwerk im aufgeweichten Boden auch noch um und musste vom Manager gestützt zum Sportwagen begleitet werden. Meinen Hinweis, dass er für die Abfahrt den Rettungsweg wählen sollte, überhörte er.
Seine Abschiedsworte zu dem Begleittross waren: „Wie heißt dieses Kaff? Hier komme ich nie wieder her!"

Dann vernahmen wir nur noch den aufheulenden Motor. Komischerweise noch eine ganze Weile; er hatte sich nämlich prompt mit seinem Renner festgefahren.

Die Polizei sein Freund und Helfer! Vier Beamte und zwei Feuerwehrleute schoben den Wagen aus dem Dreck. Ohne anzuhalten bzw. sich zu bedanken entschwand der unfreundliche Zeitgenosse.

## 8.12. Harry Valérien, Sportjournalist

Anfang der 90er-Jahre waren junge Fahranfänger überproportional am Verkehrsunfallgeschehen beteiligt. Die Unfälle waren gravierend, die jungen Menschen zogen sich oft schwere Verletzungen zu oder bezahlten ihren Leichtsinn sogar mit dem Leben. Die Benachrichtigung der Angehörigen war für die Polizeibeamten eine bittere Aufgabe. Ich wusste, wo von ich redete, da ich selbst viele schwere Gespräche führen musste. So konnte es nicht weitergehen. Es musste etwas passieren.

Die Analyse der Unfälle war relativ einfach. Sie passierten überwiegend nachts, die Geschwindigkeit war nicht angepasst und immer wieder war auch Alkohol- bzw. Drogenkonsum im Spiel.

Die Gruppe „junge Kraftfahrer" kam in den Fokus der Überwachung. Alkohol- und Drogen- sowie Geschwindigkeitskontrollen, insbesondere nach Disco-Besuchen, wurden intensiviert, Aufklärungskampagnen starteten. Plakate wie: „Wir haben keine Lust Euch von der Straße zu kratzen und Euren Eltern die Nachricht zu überbringen", wurden verteilt.

Aber die Zahlen blieben Jahr für Jahr konstant hoch. Neben Resignation machte sich Frust breit. Der Umkehrschluss der Analyse war einfach:

Die Zielgruppe darf keinen Alkohol und keine Drogen mehr zu sich nehmen, sie muss die Geschwindigkeit beachten oder, ganz rigoros, junge Fahrzeugführer dürfen nachts kein Fahrzeug mehr führen.

Ich propagierte unter anderem Forderungen, wie Kenntlichmachung der Fahrzeuge mit einem Schild „Fahranfänger" und im Fahrzeug sollte ein erfahrener Erwachsener sitzen, der auf den Fahrer einwirken kann. Und das Echo war groß. Diese provozierenden Äußerungen von einem Polizeiführer waren ungewohnt und anmaßend.

Die Resonanz reichte von Zustimmung bis hin zu absoluter Ablehnung. Ich wurde gelobt und massiv beschimpft.

Sogar auf dem Deutschen Verkehrsgerichtstag in Goslar kamen die Vorschläge auf die Tagesordnung. Mehrere Tage berichteten Medien in ganz Deutschland darüber. Von der Wirkung dieser örtlich gemachten Äußerungen war ich völlig überrascht. Die Interviewwünsche überschlugen sich, unter vielen anderen Anfragen war auch eine des ZDF-Verkehrsmagazins „Telemotor".

Ich sollte mich mit einem Fernsehteam an der A 7 auf dem Parkplatz Allertal treffen. Kurz vorher rief aber der Produzent an und schlug mir einen Besuch im Studio des Bayerischen Fernsehens in München vor. Ich nahm das Angebot an.

Dort traf ich mit dem Moderator der Sendung Harry Valérien zusammen. Geradlinig heraus sagte er mit seinem bayerischen Dialekt: „Nemens mir nich übel, Ihre Vorschläge sind nimmer umsetzbar. Darüber wo ma hi sprechen solln is Unfug. Dafür fahr i net gen Norddeutschland!"

Trotzdem setzten wir uns mit anderen zusammen und besprachen den Inhalt des Interviews. Herr Valérien äußerte immer wieder seine Vorbehalte.

In einer Kaffeepause ergab es sich, dass ich mit dem Moderator an einen Tisch saß. Vielleicht könnte ich ihn in einem Allgemeingespräch etwas besänftigen.

Ich wusste, dass er 1973 gegen den Bronzemedaillengewinner von München über 200 m Freistil, Werner Lampe, in einem Wettschwimmen angetreten war. Lampe war auf dem Höhepunkt seiner Leistung und Valérien, bereits 50 Jahre alt. Der Sportreporter schwamm allerdings mit Schwimmflossen und gewann knapp.
Ich sprach diese Geschichte an und erzählte dabei, dass ich mit Werner Lampe in einer Klasse zusammen zur Schule ging und er heute noch nahe Hannover wohne.

Ich hatte ihn damit etwas freundlicher gestimmt. Er sagte nämlich: „Nichts für ungut, was i vorhin sorgte, und erst recht nix gegen ihre Person."

Als ich Tage später die ausgestrahlte Sendung sah, ging es in einem kleinen Beitrag zwar um das Unfallgeschehen unter Beteiligung „junger Kraftfahrer". Der Tenor lautete, dass man sich des Themas auf allen

Ebenen intensiv annehmen müsse und auch Extremmeinungen zugelassen seien. Dazu wurde mein Interview in einer Länge von 120 Sekunden mit eingespielt.

Übrigens haben wir heute das Begleitete Fahren mit 17, das sich sehr bewährt hat. Anmaßend könnte ich sagen, dass dies aus meinen damaligen Forderungen entsprungen ist.

## 8.13. Volker Rühe, Verteidigungsminister

Von 1993 bis 2005 trug ich Verantwortung für zahlreiche Bundeswehrgelöbnisse, die auf dem Sportplatz im Neustädter Stadtteil Bordenau abgelegt wurden. Eigentlich waren die geringen Platzverhältnisse zwischen dichter Wohnbebauung für derartige Großveranstaltungen ungeeignet. Mit viel Improvisation wurden sie aber doch vollzogen.

Anlass waren in der Regel Gedenktage an einen Bürger dieses Dorfes, dem Reformer des Heeres General Gerhard von Scharnhorst, der in Bordenau das Licht der Welt erblickte. Je nach Anzahl der teilnehmenden Soldaten, der Wichtigkeit der Ehrengäste und der zu erwartenden Gegendemonstrationen wurde eine unterschiedlich hohe Anzahl an Hundertschaften von Polizeibeamten eingesetzt.

Mir liegt es fern, eine Chronik der Abläufe zu verfassen. Aber es gab amüsante Vorkommnisse, über die offiziell bisher nicht berichtet wurde.

Viele Fernsehsender zeigten Bundesverteidigungsminister Volker Rühe 1993 bei einem Truppenbesuch in Somalia als er mit Tarnfleckanzug und Hut im staubigen Sand stolperte und lang hinstürzte.

1995 besuchte Minister Rühe anlässlich des 240. Geburtstags von General Scharnhorst und dem 40. Jahrestages der Bundeswehr das vorbereitete Gelöbnis in Bordenau. Der Plan war, dass Rühe mit dem Flugzeug auf dem Fliegerhorst Wunstorf landen und per Fahrzeugkolonne zum Gelöbnisplatz begleitet werden sollte. Auf der wenige Kilometer langen Strecke zwischen Fliegerhost und Bordenau befindet sich eine Eisenbahnschranke, die Schließzeiten bis zu 25 Minuten hat.
Wir entschieden uns deswegen, einen rückwärtigen Fliegerhorstausgang zu wählen und auf „Schleichwegen", sprich Feldwegen, über eine landwirtschaftliche Brücke nach Bordenau zu fahren. Die Feldwege dort sind zwar recht eng, waren durch die gerade beendete Rübenkampagne auch stark verschmutzt, aber es ist der kürzeste und ein sehr gut zu sichernder Weg.

Ich fuhr in einem alten Geländewagen der Bereitschaftspolizei voraus. Dahinter ein Personenschutzwagen und dann das gepanzerte Ministerfahrzeug. Als Abschluss noch ein Streifenwagen mit uniformierten Beamten.

Der Geländewagen war nicht der schnellste und es störte, dass die Personenschützer so dicht auffuhren. Umso erschrockener war ich, als sie abrupt stehen blieben.

Ich stoppte ebenfalls und setzte dann zurück. Da sah ich das Malheur. Das Ministerfahrzeug war auf dem matschigen Untergrund ausgebrochen und lag seitlich im Graben.

Zuerst versuchten alle Anwesenden es mit schieben, was allerdings bei dem Gewicht des Fahrzeugs aussichtslos war.

Der alte, kraftvolle Geländewagen sollte aber mit Abschleppseil für das Herausziehen geeignet sein. Alles war vorbereitet, das Abschleppseil war auf Spannung, hinten am Fahrzeug schoben die Personenschützer und die uniformierten Beamten, doch plötzlich ging die Fahrzeugtür auf und der Minister stieg aus. Auch er ging nach hinten, um zu schieben. Mit vereinten Kräften setzte sich die

215

schwere Limousine in Bewegung und stand nun wieder auf dem Feldweg.

Doch was macht der Minister? Er rutschte mit seinen dünnen Halbschuhen im lehmigen Morast des Grabens aus und fiel auf die Knie. Bevor er gänzlich im Dreck lag, konnte er sich noch mit den Händen im Matsch abfangen.

Trotz aller Peinlichkeit setzte sich der Minister bei geöffneter Fahrzeugtür auf die Rückbank, zog seine Hose aus und wischte damit seine Hände einigermaßen sauber. Nur mit Unterhose bekleidet wurde der Minister zum Fliegerhorst zurückgefahren und kam kurze Zeit später mit neuer Hose zurück. Mit geringer Verspätung und ohne besondere Vorkommnisse wurde das Gelöbnis durchgeführt.

Über den erneuten Sturz wurde nicht berichtet.

2005 fand übrigens das größte Gelöbnis in Bordenau statt. Dazu später mehr.

## 8.14. Gerhard Schröder, Ministerpräsident, Christian Wulff, Oppositionsführer

5. Juni 1997, 15 Uhr, ein herrlicher Sonnentag. Im Schloss Landestrost zu Neustadt am Rübenberge sollte der Niedersachsenpreis von Ministerpräsident (MP) Gerhard Schröder an den Sozialphilosophen Oskar Negt verliehen werden.

Für die Polizei ein außergewöhnliches Ereignis, dem mit einem erhöhten Kräfteaufgebot begegnet wurde.

Eine illustre Gesellschaft honoriger Persönlichkeiten versammelte sich auf dem Schlosshof. Die Gäste wurden mit ihren Fahrzeugen von der Polizei auf dem naheliegenden Parkplatz des Amtsgerichtes eingewiesen. Sie gingen die letzten Meter dann zu Fuß über den Amtsgarten zum Schloss. Dort war in behaglicher Wärme das Warten auf den Ministerpräsidenten vorgesehen.

Aber dieser ließ auf sich warten.

Gegen 15.15 Uhr kam eine Fahrzeugkolonne in die Schloßstraße eingebogen.

Vorweg ein Funkstreifenwagen als Lotsenfahrzeug, dahinter das Sonderfahrzeug des MP, in der weiteren Folge ein Zivilfunkstreifenwagen mit Personenschützer des LKA und zuletzt ein Streifenwagen als Nachhut.

An dem vorgesehenen Platz vor der Schlosszufahrt stoppte die Kolonne, und der Herr MP entstieg seinem Fahrzeug, gefolgt von seinen Personenschützern. Sie setzten nun den Weg von rund 200 Metern bis zum Schlosshof zu Fuß fort.

Ich stand kurz vor dem Schlosshof mittig der Straße. Der MP kam, für mich völlig überraschend, mit ausgestrecktem Arm auf mich zu und gab mir die Hand. Meinte er, ich sei die offizielle Begrüßungsperson?

Mit Sicherheit hat er mich nicht als Polizeieinsatzleiter erkannt, sondern als guter Landesvater begrüßte er eben seine „Untertanen".

„Das ist also euer Schloss?", sagte er zu mir, „Wie alt ist das?"

Mit meinem beschränkten Heimatkunde-wissen sagte ich: „Bestimmt schon über 400 Jahre". „Renaissancebaustil", warf er ein.

In diesem Moment kam durch die Schlosszufahrt in zügiger Fahrt ein VW-Cabrio. Es steuert auf uns zu, sodass wir einige Schritte zur Seite gehen mussten.

Im Vorbeifahren erkannte ich als Fahrzeugführer Christian Wulff, den CDU-Oppositionsführer im niedersächsischen Landtag. Mit großer Wahrscheinlichkeit hatte auch Gerhard Schröder den Fahrer erkannt.

„Darf der denn das?", fragte er mich.

Ich antwortete mit einem entschiedenen „Nein."

Der MP schaute mich an, zwinkerte mir zu und sagte: „Na, dann wollen wir beide mal unseren Job machen!" Der spätere Bundeskanzler Gerhard Schröder ging staatsmännisch auf die Honoratioren zu und genoss das Bad in der Menge.

Ich winkte einen Beamten zu mir und schickte ihn zu Herrn Wulff, dem späteren Bundespräsidenten, mit der Bitte, dass dieser sein Fahrzeug, wie alle anderen auch, auf dem Parkplatz des Amtsgerichts abstellen solle. Diese Anordnung kam Herr Wulff sofort nach.

Ein sonniger Tag am 5. Juni 1997: Ministerpräsident Gerhard Schröder (2.v.l.) begrüßt Einsatzleiter Manfred Henze (l.) auf dem Weg ins Schloss Landestrost, wo er den Niedersachsenpreis an den Philosophen Oskar Neigt übergeben wird. Foto: Leine Zeitung

## 8.15. Peter Struck, Verteidigungsminister, Peter Harry Carstensen, Bundesratspräsident

Ein außergewöhnliches Gelöbnis mit Staatsakt – das vorerst letzte und größte - fand anlässlich des 50. Jahrestages der Bundeswehr und des 250. Geburtstag von General Scharnhorst am 12. November 2005 statt. Es war auch das Gelöbnis mit erheblichstem Widerstandspotenzial.

Neben sehr vielen Ehrengästen waren Bundesverteidigungsminister Peter Struck (SPD) und der amtierende Bundesratspräsident, der schleswig-holsteinische Ministerpräsident Peter Harry Carstensen (CDU), vor Ort. Sie nahmen das Gelöbnis an diesem sehr kalten Novembertag ab.

Bereits vor Beginn des Festaktes war Lärm von der ca. 200 Meter entfernten zugeteilten Fläche der Gegendemonstration zu vernehmen. Lauter Gesang, schrilles Pfeifen und eintöniges Trommeln war zu hören. Beim Einmarsch der Soldaten verstärkte sich der Krach und mündete plötzlich in einer ohrenbetäubenden Musikbeschallung.

Die Polizeikräfte, die für den Abschnitt „Demo" zuständig waren, stellten fest, dass auf einem LKW-Anhänger eine mit Notstromaggregat betriebene Anlage die sehr laute Beschallung verursachte. Offensichtlich war der Last-wagen nicht durchsucht worden, und die Anlage konnte so in den Sicherheitsbereich „herein-geschmuggelt" werden.

Ich stand am Eingang des Sportplatzes und hielt Funkkontakt mit der Gesamteinsatzleitung (GEL). Es ging jetzt ausschließlich darum, ob der Höllenlärm unterbunden werden musste oder ob er noch hinnehmbar war. Eine äußerst schwierige Entscheidung.

Das „salomonische" Urteil der GEL lautete: „Gehen Sie mal zum Verteidigungsminister auf die Ehrentribüne und fragen ihn, ob der Lärm die Durchführung des Gelöbnisses erheblich stört."

So unauffällig wie möglich schlich ich durch die Reihen und führte meinen Auftrag aus. Die kumpelhafte Antwort von Minister Struck: „Lass mal, da wollen wir nichts draus machen."

Dies meldete ich der GEL weiter.

Nach geraumer Zeit war der Geräuschpegel aber doch unerträglich und gegen die Demonstranten musste eingeschritten werden.

Nach dem Gelöbnis sah der Programmablauf für die beiden Politiker eine Pressekonferenz auf dem naheliegenden Fliegerhorst in Wunstorf vor.

Doch zuvor sollten die Beiden Gelegenheit bekommen, sich in dem neben dem Sportplatz liegenden Dorfgemeinschaftshaus in einer dort eingerichteten Örtlichkeit aufzuwärmen und eine warme Mahlzeit zu sich zu nehmen.

Zusammen mit Bundeswehrverantwortlichen geleitete ich beide in den kleinen Saal. Dort waren eine heiße Gulaschsuppe sowie Brötchen und warme Getränke vorbereitet. Minister Struck setzte sich mit einer Suppe auf eine Bank und bat andere Anwesende, sich ebenfalls zu bedienen und zu ihm an seinem Tisch zu kommen. Das Angebot wurde aber nur von zwei Offizieren wahrgenommen.

Ministerpräsident Carstensen stand allein an einem Stehtisch und hatte eine Tasse

Kaffee und ein Schinkenbrötchen in der Hand.

Ich stand mit noch einem Beamten an der Eingangstür, als er mich zu sich winkte.

„Das wäre in Schleswig-Holstein nicht passiert. Wo sind wir denn, da muss doch eingeschritten werden. Das kann man sich doch nicht gefallen lassen!", schimpfte er mich lauthals an.

Ruhig antwortete ich, dass ich Minister Struck während des Gelöbnisses deswegen konsultiert hätte und es nach seiner Meinung noch hinnehmbar wäre.

Gerade hatte der Bundesratspräsident in sein Brötchen gebissen, wobei der Schinken sich zog und er ihn mit der Hand abriss.

Mit vollem Mund polterte es erst richtig aus ihm heraus: „Der Struck ist doch taub wie eine Natter!"

Ohne Gegenworte, aber peinlich berührt, wollte ich zur Eingangstür zurückgehen, als Minister Struck rief: „Holen Sie sich eine heiße Suppe und kommen Sie zu mir. Sie brauchen auch keine Angst vor mir zu haben, Nattern sind nicht so sehr giftig, wie der da drüben! Aber wenigstens können taube Nattern noch vernünftig abbeißen."

Ich nahm die Aufforderung an.

## 8.16. Gerhard Schröder, Bundeskanzler

In jeder Stadt gibt es Übereifrige, die vieles sehen, vieles mitteilen, überall dabei sind. Es sind die liebgewonnenen Individuen, die eine Stadt unverwechselbar machen. Sie geben oft Hinweise, z. B. nach Einbrüchen, obwohl sie von der Tat nur in der Zeitung gelesen haben. Sie regeln bei Veranstaltungen den Verkehr, obwohl die Polizei vor Ort ist. Sie schreiten besserwisserisch ein, obwohl sie keine Befugnis dazu haben. Sie wissen nach besonders herausragenden Ereignissen im Nachhinein vieles besser. So könnte man die Beispielliste unbegrenzt fortsetzen.

Und sie haben das Bedürfnis, ihre „guten" Taten dem Polizeichef direkt mitzuteilen. Meistens haben sie sogar die telefonische Durchwahl. Wobei sie dabei auch anbiedernd die Polizei loben. Im Allgemeinen reicht es aus, wenn man nur zuhört und gelegentlich sich mit einem „So, so" oder „Ja, ja" räuspert. Zufrieden legen sie dann nach einer Zeit wieder auf.

Auch in Neustadt gibt es diese Personen. Von einem könnte man viele Geschichten erzählen. Eine greife ich aus dem Sommer 2006 heraus.

Mein Telefon klingelte. Ohne den Namen zu nennen, machte eine aufgeregte Stimme kurze prägnante Meldungen: „Schröder ist da, ich bleibe dran."
Ich erkannte an der Stimme sofort den Teilnehmer und sagte: „So, so!"
„Er geht in die Liebfrauenkirche." - „Nein, er biegt ab Richtung Ratsapotheke." - „Man erkennt ihn. Ich brauche dringend Unterstützung."
Nebenbei arbeitete ich am Schreibtisch weiter und antwortete: „Ja, ja!"
„Fußgängerzone voll, gefährliche Situation, zur Abschirmung suche ich Körperkontakt. Ich dokumentiere alles mit Handyfotos." - „Unterstützung unterwegs?"
Ich sagte: „Ja, ja!"
Aber selbst bei diesem kurzen Zwischeneinwurf unterbrach er mich: „Werde abgedrängt. Zielperson verschwindet in Bielerts Geschäft. Erwarte neue Instruktionen."

Ich muss gestehen, dass ich bei dem Telefongespräch durch eine andere Arbeit abgelenkt war und nicht so genau hingehört hatte. Daher fragte ich nach.

Der Mitteiler hatte nun etwas mehr Ruhe. Er schilderte mir, dass Bundeskanzler a. D. Schröder sein Auto in der Pfarrgasse geparkt hatte und nun bei Juwelier Bielert im Laden sei.

Misstrauisch sagte ich: „Ehrlich, kein Versehen?"

Dann sagte ich zu meinem „V-Mann": „Ich lege jetzt auf und melde mich gleich wieder."

Ein kurzer Anruf beim Geschäftsinhaber bestätigte tatsächlich den Besuch. Er ist ein Stammkunde, der gelegentlich ein Schmuckgeschenk bei dem Juwelier kauft. Dabei wird er immer von einem Personenschützer des LKA begleitet.

Es kam aber sofort die Rückfrage des Inhabers: „Woher weißt du denn das, er ist doch gerade erst in den Laden gekommen!"

Von oben herab antwortete ich: „Joachim, die Polizei weiß alles!"

Nun rief ich meinen „V-Mann" zurück. Ich lobte ihn und sagte: „Auftrag beendet."

Wieder die kurze Meldung: „Richtig verstanden. Mache Nachaufsicht. Sitze gegenüber im Café und beobachte die Lage. Habe alles im Griff."

„Prima, alles klar", antwortete ich.

Lob hat allerdings auch seinen Preis. Die Intervalle der Mitteilungen wurden kürzer und waren auch manchmal lästig.

Aber so ist eben das Leben in einer Kleinstadt.

## 8.17. Nikolai Walujew, Boxweltmeister

Am 20. September 2006 titelten die Zeitungen ihre Aufmacher mit „Wilde Schießerei im Wochenendgebiet – Partygast mit Waffe verletzt", „Schüsse im Wochenendgebiet – 16 Festnahmen".
Was war im beschaulichen Neustädter Stadtteil Metel passiert?

Zwei feiernde Gruppen bekamen auf dem riesigen Areal mit massiven Blockhäusern, Saunaräumen und schön angelegten Teichen Streit. Im Verlauf der Auseinandersetzung wurde mindestens eine Schusswaffe mehrfach abgefeuert. Eine Person erlitt einen Oberschenkeldurchschuss. Der Schütze wurde durch Schläge erheblich verletzt.
Als erste Polizeikräfte eintrafen, hielten sich noch 16 Personen dort auf, überwiegend Ukrainer. Der Parkplatz war mit teuren Fahrzeugen mit Kennzeichen aus ganz Deutschland besetzt. Nach ersten Hinweisen sollten sich zwei Limousinen der

gehobenen Klasse mit getönten Scheiben sehr schnell vom Tatort entfernt haben.

Eine kurzfristige Fahndung führte schnell zum Teilerfolg. Ein Oberklassen-Mercedes konnte auf der Bundesstraße 6 angetroffen und die beiden Insassen vorläufig festgenommen werden. Bei der Durchsuchung des Fahrzeugs wurde eine scharfe Schusswaffe sichergestellt.

Der Tatort wurde ebenfalls genauestens abgesucht. Auch dabei wurde eine scharfe Schusswaffe Kaliber 45 sowie Munition gefunden.

In den massiven Holzhäusern entdeckten die Polizisten auch Hochglanzflyer in kyrillischer Schrift, auf denen barbusige Mädchen abgebildet waren. Gut versteckt hinter dem Tresen einer Bar wurden größere Mengen Cannabisprodukte (Marihuana) sichergestellt.

Es wurden auch weitere Fotos gefunden, die einen hünenhaften Mann vor dampfenden Holzbottichen mit nackten Personen zeigten.

Der riesenhafte, kräftige Mann kam den Beamten bekannt vor. Aber man konnte ihn nicht zuordnen.

Dies änderte sich, als ein Anwesender in gebrochenem Deutsch sagte: „Walujew, stärkste Boxer der Welt, wurde hier von Männern mit weißen Schäferhunden bewacht."

Es war tatsächlich der amtierende Boxweltmeister im Schwergewicht Nikolai Walujew dort abgebildet.

Bei der Übersetzung des Flyers kam auch schnell der Verdacht auf, dass es sich bei den Gebäuden um illegale Bordellbetriebe handeln könnte.

Natürlich brodelte in den nächsten Tagen die Gerüchteküche im Dorf.

Am frühen Morgen nach der nächtlichen Schießerei rief mich der Bürgermeister an. Beide waren wir doch auf die Örtlichkeit recht neugierig und fuhren gemeinsam hin. Es war schon eine Erfahrung, die wir beide dort machen konnten.

Viele Bewohner berichteten plötzlich von amourösen Ereignissen im Dorf:

231

von Stripteaseauftritten, nackt Badenden in den Teichen, nächtlichen Lotsenfahrzeugen mit Prominenten, dem Transport von leichtgekleideten Frauen aus einem Bordell in der Schulenburger Landstraße, Zigaretten-schmuggel im großen Stil usw.

Bewiesen wurde nie etwas. Nach dem Vorfall ordnete ich regelmäßige Streifenfahrten an. Dies zeigte Wirkung. Man fühlte sich beobachtet und die Kundschaft blieb fern.

Am 23. Februar 2007 war Prozessauftakt gegen den mutmaßlichen Pistolenschützen wegen Bedrohung, illegalen Waffenbesitzes und gefährlicher Körperverletzung. Er stritt die Tat ab. Das Opfer, ein russischer Koch aus Berlin, dem eine Kugel den Unterarm verletzte und eine weitere den Oberschenkelknochen zertrümmerte, konnte sich an nichts erinnern. Gegen eine Geldauflage wurde das Verfahren eingestellt.

Dem zwielichtigen Club-Besitzer hatte im Januar 2007 bereits das Verwaltungsgericht das Betreiben der sogenannten „Russen-Sauna" untersagt.

## 8.18. Wolfgang Schäuble, Bundesfinanzminister

Wenn Bundes- oder Landtagswahlen anstehen, ist es üblich, dass Prominenz den örtlichen Kandidaten unterstützt. Auf Straßen oder Plätzen bzw. in Sälen oder Zelten werden dann deftige Reden gehalten.

Der CDU-Kandidat für die Bundestagswahl hieß Hendrik Hoppenstedt. Er kommt zwar aus Burgwedel, vertritt aber auch die Stadt Neustadt. Er hatte sich Bundesfinanzmister Wolfgang Schäuble als Wahlhelfer eingeladen. Dieser sollte auf dem Sparkassenvorplatz zu den Besuchern reden.

Polizeilicherseits bedürfen derartige Ereignisse einer Vorplanung: Absprachen mit den Personenschützern des BKA und LKA, Wegstrecken festlegen, Ablauf absprechen, Sicherungsvorkehrungen treffen, Absperrungen einrichten, Personal einplanen, Zeitansätze usw.

Zu berücksichtigen sind auch die Eigenarten, Gewohnheiten, auch Empfindlichkeiten des Referenten. So wurde mir im Vorgespräch mit den Personenschützern gesagt, dass Herr Schäuble zwar Rollstuhlfahrer sei, er aber keine Hilfen haben möchte und auf Angebote ärgerlich reagiert. Auch sollen viele Menschen ihn äußerlich als sehr ernst und unfreundlich empfinden, was aber sein engstes Umfeld gar nicht bestätigen kann.

Diese Äußerungen waren für mich als polizeilichen Einsatzleiter aber zweitrangig. Mein Auftrag war die Gewährleistung eines reibungslosen Ablaufs der Veranstaltung. Mit den zweitrangigen Sachen sollte ich aber noch meine Erfahrungen machen.

Der Konvoi mit dem Minister fuhr auf einer freigehaltenen Fläche auf dem Sparkassenparkplatz. Zusammen mit Dr. Hoppenstedt stand ich in der Nähe der Limousine.

Es fand ein Ablauf mit den Personenschützern statt, der sicherlich bereits viele, viele Male vollzogen wurde. In dieser Zeit begrüßt der Minister niemanden und sieht wahrscheinlich auch niemanden. Als Schwerbehinderter bereitete er sich einfach auf seinen Auftritt vor. Was ein Nichtschwerbehinderter im Verborgenen erledigt, macht er in der Öffentlichkeit.

Als er abfahrbereit im Rollstuhl saß, trat Herr Hoppenstedt an ihn heran und begrüßte ihn. Der Tross setzte sich sofort über den Parkplatz, der Straße Entenfang bis zur Marktstraße in Bewegung.

Etwas seitlich versetzt ging ich voraus. Dabei hatte ich mein Hauptaugenmerk auf die Besucher gerichtet und nicht auf die Straßenoberfläche.

Während des Weges stoßen die Räder des Rollstuhls plötzlich an eine Gehwegkante. Vom Parkplatzübergang zum Gehweg bzw. zur Straße war eine erhöhte Pflasterung. Schäuble fuhr zurück und überwand die Kante mit etwas Schwung. Seine und meine Augen begegneten sich zufällig. Sein Gesicht sah tatsächlich griesgrämig aus. Unvermittelt sagte er in meine Richtung: „Was für einen Bürgermeister habt ihr denn hier?!"

Hoppenstedt antwortete kurz: „Einen Grünen."

„Habe ich mir doch gedacht. Versprechen Umwelt, Öko und sichere Gestaltung der Räume für alle. Und wenn sie es umsetzen sollen, kommt so ein Holperpflaster raus."

Was blieb allen anderen übrig, als nach diesem kleinen Zwischenfall zu nicken.

Wenigsten war die Rednerfläche bestens vorbereitet. Während der Rede stand ich an der Ecke Marktstraße/Entenfang hinter der großen Menschenmenge. Ich hatte Zeit und einen freien Blick in den leeren Entenfang. Ich bin gebürtiger Neustädter, kenne nach meiner Meinung jeden Stein in der Innenstadt, aber auf die Verschiedenartigkeit der Pflasterung mit glatten roten Klinkersteinen, grauen unebenen quadratischen Steinen, blauen Basaltsteinen und teilweise mit Teerdecke geflickten Ausbesserungen, dies alles mit unterschiedlichen Höhen, habe ich mit Rollstuhlfahreraugen noch nicht geachtet.

Dann war auch die Wahlkampfrede beendet und Schäuble schob seinen Rollstuhl wieder in Richtung Sparkassenparkplatz. Ich ging seitlich neben dem Rollstuhl wortlos neben ihm. Sollte ich ihn bezüglich der Pflasterung noch einmal ansprechen?
Das war wohl Gedankenübertragung. Er nahm seinen Kopf nach links und sagte mir: „Zu den kaputten Straßen und Wegen müsst ihr polizeilich auch mal was sagen."

Zustimmend nickte ich, meine Meinung konnte ich nicht mehr äußern, denn wir waren an der gepanzerten Limousine angekommen, wo der geübte Ablauf sich erneut vollzog.

Übrigens erzählte mir Herr Hoppenstedt später, dass er, nachdem er in den Bundestag gewählt worden war, bei der ersten Fraktionssitzung den Finanzminister noch einmal seinen Dank für die Wahlkampf-unterstützung ausgesprochen hatte. In barschem Ton fragte danach der Minister: „Hoppenstedt, biste denn wenigstens direkt gewählt worden oder über die Liste?"
Als Hoppenstedt voller Stolz sein Direktmandat preisgab, sagte Schäuble: „Gut, mach so weiter."

## 8.19. Robert Enke, Fußballnationaltorhüter

Meine Treffen mit Robert Enke waren von Freundlichkeit und menschlicher Wärme geprägt. Mal haben wir am jährlichen Tag des Buches in der Grundschule Mariensee gemeinsam den Schülern Geschichten vorgelesen, ein andermal einen Transport im Streifenwagen mit Einsatzfahrt zum Flughafen organisiert, weil er für ein Nationalspiel kurzfristig nachnominiert wurde.

Auch führte ich mit ihm Gespräche, wie die Polizei ihn schützen könne, weil ein Inhaftierter einen Drohbrief schrieb. Wir machten uns gemeinsam Gedanken, wie sein Wohnhaus in Empede gesichert werden kann. Alle Zusammenkünfte fanden in einer sehr angenehmen, ruhigen, respektierten Atmosphäre statt.

Und dann das unfassbare Ereignis.

Am Abend des 10. November 2009 saß ich mit meiner Frau im Saal des Restaurant Scheve in Neustadt und hörte anlässlich eines Treffens des Lions Club Neustadt einem Referenten zu.

Um 19.10 Uhr klingelte mein Handy. Der diensthabende Schichtleiter der Polizei Neustadt teilte mir mit, dass in der Nähe des Bahnhofes Eilvese eine Person vom Zug erfasst worden sei. Diese habe tödliche Verletzungen erlitten. Nach erster Inaugenscheinnahme erkannte ein fußballbegeisterter Polizeibeamter vor Ort mit großer Wahrscheinlichkeit die Person als den Torwart der Deutschen Fußballnationalmannschaft Robert Enke.
Leise übergab ich meiner Frau unsere Fahrzeugschlüssel und sagte ihr, dass ich sofort die Dienststelle aufsuchen müsse. Meine Frau hinterfragte dies nicht weiter. Sie wusste, dass mir besonders wichtige Ereignisse immer gemeldet wurden.

Zu Fuß ging ich eilig die 300 Meter zum Polizeikommissariat.
Auf der Wache schilderte mir der Wachhabende in Stichworten die aktuelle Situation. Anschließend zog ich mir in kürzester Zeit meine Uniform an und fuhr

allein mit einem Funkstreifenwagen zum Unfallort.

Auf der etwa zehnminütigen Fahrt dorthin gingen mir viele Gedanken und Überlegungen durch den Kopf.

Die Besonderheit und Einmaligkeit des Falles war mir sehr deutlich bewusst. Das weitere Vorgehen und die Folge- maßnahmen bei derartigen Sachverhalten war mir aus den Erfahrungen vieler vorheriger ähnlicher Unfälle bekannt und war routinemäßig zu bewältigen. Trotzdem unterschätzte ich die Reaktion der Öffentlichkeit gänzlich. Aber dazu später.

Wie häufig bei derartigen Fällen trifft man vor Ort ein unwirkliches, gespenstisches Szenario an. Die Dunkelheit wird von Blaulichtern der Einsatzfahrzeuge unter- brochen. Schemenhaft sind Einsatzkräfte zu erkennen, die ihre entsetzlichen Aufgaben erfüllen müssen.

Welche grässlichen Bilder werde ich gleich vor Augen haben? Wie verkrafte ich sie? Halte ich das aus? Wie wird es mich beeindrucken?

Und dann siegt doch wieder die professionelle Routine. Die Tat muss aufgenommen und bearbeitet werden. Als Vorgesetzter trage ich die Verantwortung für Mitarbeiter, Helfer und Beteiligte.

Um einen Überblick zu gewinnen, suchte ich den Streifenführer der Polizei an den Bahngleisen für erste Informationen auf.
Seine Meldung: Regionalexpress 4427 fuhr in Richtung Hannover und erfasste in der Nähe des Balschenweges eine im Gleisbett stehende Person. Der Zugführer leitete unverzüglich den Bremsvorgang ein. Durch den unvermeidlichen Aufprall trat der Tod des Betroffenen ein. Die Identifizierung war zwischenzeitlich eindeutig erfolgt.

Gemeinsam gingen wir dabei die etwa 600 Meter lange Strecke vom Aufprallort bei Bahnkilometer 37,0 über die Liegeörtlichkeit des Leichnams weiter bis zum Halt des Zuges ab.
Dabei passierte ich zahlreiche Helfer von Feuerwehr, Rettungsdienst, Notarzt, Bundespolizei, Bahnnotfallmanagement, Notfallseelsorger usw. Wie es in kleinen

Städten ist, kennt man sich und nickt sich kurz zu.

Aber es war doch nicht wie immer an solchen Schicksalsorten. Die Gesichter zeigten mehr Betroffenheit und Ergriffenheit. Es ist kein anonymer Toter, sondern man kennt diese besondere Persönlichkeit. Es war ruhiger, nur das Nötigste wurde mit gedämpfter Stimme gesprochen. Alle Kräfte rückten ein Stück näher zusammen. Es war eine stille Solidarität.

Unweigerlich dachte ich über die Gründe dieses Handelns nach. War diese Persönlichkeit, die körperlich fit, die erfolgreich und die Vorbild war, tatsächlich der Öffentlichkeit bekannt? Welche Probleme und unlösbaren Dinge führten zu dieser ausweglosen Tat?
Aber diese Gefühlsfragen störten jetzt bei der polizeilichen Arbeit nur.
Mir wurde nun berichtet, dass alle Sender ihre Programme unterbrochen haben. Die Meldung über den Tod von Robert Enke soll die Nation geschockt haben.

Grundsätzlich werden bei Bahnleichen keine Presseverlautbarungen veröffentlicht. Die Privatsphäre hat absoluten Vorrang. In diesem Fall würden nun Privatsphäre und öffentliches Interesse aufeinanderstoßen. Sicherlich wollten viele Gründe und Einzelheiten der Tat erfahren sowie Fotos von der Örtlichkeit erhalten, um die Wissbegierde weiter Teile der Öffentlichkeit zu befriedigen.

Ich rief kurz alle Einsatzleiter der beteiligten Institutionen zusammen, um das weitere Vorgehen abzusprechen. Als erstes ordnete ich eine weiträumige Absperrung und ein absolutes Handybenutzungs- und Fotografierverbot an, und zwar eindringlich mit energischen Worten.

Der Geländewagen mit dem Stuttgarter Kennzeichen, mit dem Robert Enke an den Parallelweg der Gleise gefahren war, wurde abgedeckt und später sichergestellt.

Im Nahbereich des Leichnams durften nur die Sachbearbeiter des Kriminaldauerdienstes (KDD). Sie verrichteten äußerst gewissenhaft ihre Tatortaufnahme. Erst danach erhielten die Bestatter die Zugangsberechtigung.

Auf dem Bahndamm herrschte weiterhin eine gedämpfte Ruhe und überhaupt keine Hektik. Es war ein würdevolles Vorgehen.

Gegen 22 Uhr war die Tatortaufnahme beendet und die sichergestellte Leiche wurde mit Polizeibegleitung in die Rechtsmedizin der Medizinischen Hochschule Hannover gebracht.
Ich bestand darauf, dass die Gleisanlage äußerst gründlich nach Gegenständen, die in Verbindung mit dem Todesfall stehen konnten, abgesucht wurde. Anschließend sollte die gesamte Unglücksstelle peinlich genau gesäubert werden.
Bemerkte ich anfangs aus weiter Entfernung nur unsere bekannten örtlichen Presse-vertreter, nahm die Anzahl der Medienmitarbeiter im Laufe der Zeit immer mehr zu. Auf der etwa 400 Meter entfernten Landesstraße 192 sah ich immer mehr große Übertragungswagen, Kameraleute und Fotografen.

In einer weiteren polizeilichen Lagebesprechung vor Ort informierten der Wachgruppenleiter (WGL) des KDD und der Dienstschichtleiter des Kommissariats

244

über Ermittlungsstände woanders geführter Recherchen. Diese umfangreichen internen Nachforschungen sind zwar für die Todessachbearbeitung von Notwendigkeit, würden aber bei Veröffentlichung die Persönlichkeitsrechte der Familie verletzen. Deswegen bleiben diese Informationen hier außen vor.

Das Schlimmste bei der Bearbeitung solcher Fälle stand aber noch bevor, die Benachrichtigung der Angehörigen. Frau Enke sollte von dem Unfall über Dritte bereits Kenntnis erhalten haben.
So machten sich kurz nach 22 Uhr der WGL und ich auf, um die Familie Enke in einem Nachbardorf von Neustadt aufzusuchen.
Wir fuhren vom Unglücksort auf die Landstraße 192 in Richtung Eilvese. Die Straße war beidseitig über eine sehr lange Strecke mit Fahrzeugen zugeparkt, sodass nur noch eine enge Fahrgasse blieb. Nach meiner Einschätzung waren es überwiegend Medienvertreter, aber auch Schaulustige.

In einer Gaststätte im Ortskern, direkt gegenüber dem Bahnhof, hielt ein

Pressesprecher der Polizeidirektion Hannover eine Pressekonferenz ab.

Im Gegensatz zu anderen Anlässen mit Menschenauflauf war die Atmosphäre im gesamten Umfeld sehr ruhig, gelassen und würdevoll. Auf dem Parkplatz vor dem Bahnhof wurden erste Teelichter entzündet und kleine Stofftiere neben einer Laterne hinterlegt. Aufgestellt wurde ein Pappschild mit dem Namen Robert Enke. Diese Eindrücke beherrschten mich eine Zeitlang, und im Vorbeifahren wurde ich sehr nachdenklich.

Im Eingangsbereich des Hauses trafen wir in der Dunkelheit auf mehrere Personen und eine Vielzahl der Hunde der Familie Enke. Das Verhalten der Personen deutete ich, dass sie über das Geschehen informiert waren. Eine Bekannte führte uns lautlos in die Küche. Dort saßen bei Kerzenschein Frau Enke und die örtliche Pastorin. Wir nahmen auf Stühlen um den Küchentisch Platz.

Die mit ruhigen, behutsamen Worten geführte Unterredung über einen Zeitraum von über einer Stunde beinhaltete auch eine erste Befragung. Vieles nicht Begreifbare

stand im Raum, Beobachtungen, Fest-
stellungen wurden geschildert, Erklärungs-
versuche, Mutmaßungen, tröstende Worte,
aber auch stille Momente, und bei allen
Anwesenden Leere und Schweigen.

So schmerzlich diese Gespräche sind,
müssen anschließend auch polizeiliche
Folgemaßnahmen genannt und konkrete
Absprachen getroffen werden.
Für die Nacht war es erst einmal
erforderlich, dass vor Enkes Wohnhaus, am
Bahnhof Eilvese und am Ereignisort
Polizeistreifen postiert wurden. Sie sollten
eine Kontaktaufnahme von Außen-
stehenden mit Frau Enke, vor allem auch
das Fotografieren, verhindern. Am Bahnhof
Eilvese wollten wir Anteilnehmenden ihre
Trauer ermöglichen und am Ereignisort
sollten sich Schaulustige keiner Gefahr
aussetzen.

Nach diesem schweren Gespräch erhielt ich
per Handy Kenntnis, dass einige Menschen
am Gleisbett des Unglücksortes Blumengestecke niederlegten, am Bahnhof Eilvese
etwa 50 Personen trauerten und rund 250
Fans sowie Vereinsmitglieder von

247

Hannover 96 vor der AWD-Arena zusammengekommen seien.

Zwei Gedenkstätten wurden spontan von Anwesenden am alten Bahnhof Eilvese und an der Geschäftsstelle von Hannover 96 mit Kerzen und Kränzen sowie Fan-Kleidung und –Artikeln eingerichtet.

Auf der Dienststelle der Polizei Neustadt, wo nun überwiegend schriftliche Arbeiten bis in die Nacht erledigt werden mussten, nahm ich das ganze Ausmaß der öffentlichen Berichterstattung erst wahr.

Bisher, am Unglücksort und bei der Benachrichtigung „abgeschottet", bewegte ich mich in meiner gewohnten Umgebung und hatte die Außenwirkung dieses Ereignisses nicht gespürt.

Frau Enke wählte bezüglich der Krankheit ihres Mannes den Weg in die Öffentlichkeit, und zwar mit einer fast übermenschlichen Energieleistung. Oder wie sie mir sagte: „Ich muss ohne Schlaf funktionieren." Sehr emotionale Augenblicke berührten das Land.

Von der Polizei mussten nunmehr rationale Maßnahmen erfüllt werden, die zuvor viele organisatorische Absprachen verlangten: mit Frau Enke, Verwandten, Bekannten und Beratern, dem Bestatter, der Pastorin, Verantwortlichen des Vereins und des Deutschen Fußballbundes, privaten Personenschützern und Sicherheitskräften und vielen mehr.

Mehrfache Überführungen des Leichnams, Trauerfeiern, u. a. mit 40.000 Trauernden im Stadion, Gottesdienste, die Beisetzung, Kranzniederlegungen, Gedenkveranstaltungen, Trauermärsche bedurften immer wieder neuer Vorbereitungen. Ein Land trauerte fassungslos um einen vorbildlichen, beliebten Sportler. Die Krankheit Depression war in aller Munde und wurde enttabuisiert.

Und selbst einem Jahr nach dem Tod von Robert Enke bewegte sein Schicksal viele Menschen noch immer sehr stark.

Am ersten Todestag war sein Grab auf dem Friedhof in Empede das Ziel Hunderter Besucher, aber auch von Medienvertretern. Dies war allerdings auch einer Delegation um DFB-Präsident Zwanziger,

249

Nationaltrainer Löw, DFB-Manager Bierhoff, NFV-Präsident Rothmund, Hannover 96-Präsident Kind, Herrn Baßler von der Robert-Enke-Stiftung sowie natürlich Frau Enke geschuldet.

Allein mit diesem Personenkreis hielt die örtliche Pastorin in der kleinen Friedhofskapelle im Stehen eine kleine Andacht ab, wo sie die richtigen einfühlsamen Worte fand. Anschließend legte die DFB-Führung einen Kranz am Grab nieder.

Abends fand im Kloster Mariensee ein Gedenkgottesdienst mit Familie Enke und zahlreichen Personen des öffentlichen Lebens statt.

Trauernde Fans erhielten in der Nähe des Stadions eine Möglichkeit, sich an den Torwart zu erinnern. Mehr als 1.000 hannoversche Fans trafen sich abends am Kröpke. Von dort marschierten sie gemeinsam Richtung Stadion, wo ein Zelt aufgebaut und ein Kondolenzbuch ausgelegt war. Darüber hinaus konnte man dort Trauergegenstände vom Todestag besichtigen. Am Unfallort in Eilvese wurden ganztägig Kränze und Blumengestecke niedergelegt.

Zurückblickend war es für mich persönlich ein einschneidendes, äußerst bewegendes Geschehnis. Es zeigte das gesamte Leid, dass durch die Selbsttötung ausgelöst wurde. Die Begebenheit beschäftigte mich auch später immer wieder. Die Mitteilungen, die Bilder im Fernsehen, die Berichte in den Zeitungen. Ganz präsent, wenn sich wieder jemand auf der Strecke das Leben genommen hatte und das kam häufiger vor. Darüber berichte ich im Anschluss aber noch gesondert.

Das Hoffnungsvolle in den Jahren nach dem Suizid von Robert Enke:
Die Krankheit Depression wurde weiter aus dem Tabubereich herausgeholt, und viele Betroffene konnten den Weg zurück ins Leben finden.

Bundesvorlesewettbewerb in der Grundschule Mariensee am 21. November 2008, unter anderem mit Fußballnationaltorwart Robert Enke (3.v.l.) und dem Leiter des Polizeikommissariats Manfred Henze (4.v.r.). Foto: Neustädter Zeitung

## 8.19.1. Die Bahnstrecke des Todes

Die Bahnstrecke Hannover – Bremen ist eine der wichtigsten Eisenbahnstrecken Deutschlands. Die ca. 100 Kilometer lange, zweigleisige Eisenbahnhauptstrecke ist durchgehend elektrifiziert und mit digitalem Zugbahnfunk GSM-R ausgestattet. Sie wurde 1847 als Königliche Hannöversche Staatseisenbahnstrecke eröffnet. Trotz moderner Technik wird sie von verzweifelten Menschen als „Todes-Werkzeug" missbraucht.

„Am Dienstag, 10. November 2009, um 18.17 Uhr, bemerkte der Zugführer des RE 4427 eine Person im Gleisbett zwischen den Neustädter Stadtteilen Hagen und Eilvese. Er leitete unverzüglich den Bremsvorgang ein. Durch den unvermeidlichen Aufprall trat sofort der Tod des Betroffenen ein", so beginnt die polizeiliche Eilmeldung beim Tod von Robert Enke.

Für einen nur zehn Bahnkilometer langen Abschnitt dieser Strecke, und zwar zwischen den Kilometern 30 (Neustadt) bis 40 (Hagen), sollte es erst der Beginn einer unsäglichen Folge mit Leid und Elend sein. Anscheinend ausweglose Lebenssituationen, psychische Krankheiten, angeblich unüberwindbare Probleme, und alles in Verbindung mit Todesvorstellungen, spielen entscheidende Rollen.

Und für die Retter und Helfer sind dies äußerst belastende Ereignisse. Bei mir überwog Ohnmacht und Hilflosigkeit. Das Hauptanliegen polizeilicher Arbeit, nämlich der Schutz des Lebens und die Gewährleistung der körperlichen Unversehrtheit, werden ad absurdum geführt. Die Erkenntnis, dass alles seine Grenzen hat, wird einem aufgezeigt. Machtlos muss der Polizeibeamte die „unnatürlichen Todesfälle", wie es in der Polizeisprache heißt, aufnehmen und die Ermittlungen führen.

Neben dieser Machtlosigkeit muss er auch schreckliche Bilder verarbeiten. Oft ist auch für die Bewältigung der traumatischen Erlebnisse professionelle Unterstützung erforderlich. Ebenso geht es den vielen anderen Rettungs- und Einsatzkräften.

Und es ist zu spät, um den Betroffenen zu sagen, dass
- die Handlung falsch ist;
- es für jedes Problem Lösungen und Hilfsangebote gibt;
- sie Not und Elend verursachen.

Doch es gab auch Fälle, wo der Kampf zwischen Leben und Tod durch äußerst schnelles Handeln gewonnen wurde. Diese machen den Einsatzkräften auch im Anschluss wieder Mut. Mit professionellen Reaktionen lässt sich Leben retten. Die Betroffenen erhalten eine neue Chance. Es ist ein Ansporn und stärkt die Überzeugung, beruflich die richtige Wahl getroffen zu haben.

Hier die Chronologie des Grauens:

Mittwoch, 27. Januar 2010, 20.56 Uhr:
Ein Jugendlicher wurde im Bahnhof Hagen vom Regionalexpress erfasst und bei dem Aufprall getötet. Bei der Durchsuchung des Leichnams wurde ein Abschiedsbrief gefunden.

Donnerstag, 15. April 2010, 11.34 Uhr:
Ein 59-Jähriger sprang mit Selbstmord-
absicht zwischen Hagen und Eilvese von
einem Betonsockel direkt vor eine
herannahende E-Lok. Er erlitt tödliche
Verletzungen.

Dienstag, 11. Mai 2010, 14.22 Uhr:
Ein 29-Jähriger möchte wegen einer
psychischen Erkrankung freiwillig in die
Psychiatrie eingeliefert werden. Anstatt,
wie mit der Rettungsleistelle telefonisch
abgesprochen, sich vom Krankentransport
zu Hause abholen zu lassen, suchte er zu
Fuß die Gleisanlagen in der Nähe des
Bahnhofes Eilvese auf. Er konnte von einer
Polizeistreife bei der Suchaktion im
Gleisbett angetroffen und gerettet werden.

Samstag, 7. August 2010, 4.50 Uhr:
Ein unter Depressionen leidender 20-
Jähriger verließ nachts unter Zurücklassung
eines Abschiedsbriefes heimlich das
Elternhaus. Sein großes Vorbild war Robert
Enke. Die verzweifelten Eltern informierten
die Polizei, die sofort die Bahnstrecke
absuchte. Zwischenzeitlich meldete sich
auch die Ex-Freundin des Vermissten, die

per SMS Abschiedsworte mit Hinweis auf die Bahnanlage von der Person übersendet bekam. Gegen Morgen konnte der Verzweifelte wohl behalten gefunden werden.

Sonntag, 14. November 2010, 00.15 Uhr:
Ein ICE überrollte in Höhe eines beschrankten Bahnüberganges eine männliche Person. Sie war sofort tot. Trotz akribischer polizeilicher Aufnahme des Unfallortes konnten nur geringe Erkenntnisse über die Identität des Betroffenen erzielt werden. Einige Bekleidungsstücke und ein Schlüsselbund waren die einzigen Ansatzpunkte. Tage vergingen, ohne die Personalien des Getöteten zu kennen. Niemand erstattete eine Vermisstenanzeige. Viele Aufrufe in den örtlichen Zeitungen blieben ohne Erfolg. Erst nach 14 Tagen führte ein Hinweis eines Hausbesitzers, der seinen Mieter lange nicht gesehen hatte, zur Feststellung der Identität des Bahnopfers. Die aufgefundenen Schlüssel passten zur Haus- und Wohnungstür. Ein DNA-Abgleich brachte dann die Gewissheit. Es handelte sich um einen allein lebenden
257

älteren Herren, der nur 50 Meter vom Unfallort entfernt wohnte.

Freitag, 26. November 2010, 18.30 Uhr:
Auf dem Gleisbett wurde kurz vor Neustadt ein lebloser Körper gefunden. Offensichtlich war die Person von einem Zug überrollt worden. Im Laufe weiterer Nachforschungen wurde der beteiligte Güterzug im Bahnhof Göttingen mit Anhaftungen des Getöteten ermittelt. Der Zugführer hatte den Aufprall nicht bemerkt. An Hand mitgeführter Gegenstände konnten die Personalien des Jungen, der gerade aus dem Kindesalter heraus war, festgestellt werden. Erhebungen ergaben, dass es sich um einen Suizid handelte.

Sonntag, 16. Januar 2011, 22.25 Uhr:
Ein Verkehrsteilnehmer meldete über Notruf, dass eine männliche Person bei geschlossener Schranke im Dunkeln auf den Bahngleisen verschwunden sei. Sofort wurde veranlasst, dass die Lokführer in diesem Abschnitt nur „auf Sicht" fahren. Eine Streife war in kürzester Zeit in dem Bereich. Der herannahende IC 1932 gab

noch akustische Signale, aber die Person blieb zwischen den Schienen stehen. In letzter Sekunde wurde sie von den Polizeibeamten von den Gleisen gezogen. Aus Verzweiflung über seine Eheprobleme wollte er sich nach seinen Angaben das Leben nehmen.

Donnerstag, 24. Februar 2011, 3.13 Uhr:
Am Bahnhof Eilvese sprang eine Person in Selbsttötungsabsicht vom Bahnsteig vor einen durchfahrenden Güterzug. Sie erlag im Gleisbett den schweren Verletzungen. Recherchen ergaben, dass es sich bei der tödlich verletzten Person um einen dunkelhäutigen Asylbewerber aus dem Raum Nienburg handelte.

Freitag, 1. April 2011, 15.55 Uhr:
Ein Lokführer teilte mit, dass er an der Bahnstrecke zwischen Himmelreich und Hagen eine Person an den Gleisen gesehen habe. Aus Erfahrung hatte er den Eindruck, dass ein Suizidversuch vorliegen könnte. Die Bahnstrecke wurde sofort für den Zugverkehr gesperrt. Eine Suche mit zahlreichen Streifenwagen brachte aber keine Erkenntnisse. Ein guter Fehlalarm!

Dienstag, 5. April 2011, 20.25 Uhr:
Ein Gefährdeter schrieb seiner Ex-Freundin eine SMS aus der hervorging, dass er sich in Eilvese vor einem Zug werfen wolle. Die Züge wurden unverzüglich auf Sichtfahrt geführt. Ein Polizeihubschrauber suchte die Strecke ab. Er erkannte eine Person in unmittelbarer Gleisnähe und dirigierte eine Streifenbesatzung dorthin. Der Gerettete wurde in die Psychiatrie Wunstorf eingewiesen.

Freitag, 15. April 2011, 17 Uhr:
Ein Enkel teilte seinem Großvater per Handy aus der S-Bahn mit, dass er in Eilvese Suizid begehen werde. Eine Funkstreifenbesatzung nahm diesen beim Aussteigen am Bahnhof Eilvese in Empfang. Er wiederholte mehrmals den Beamten gegenüber seine Absicht. Er wurde in eine Klinik eingewiesen.

Montag, 13. Juni 2011, 13.50 Uhr:
Ein Fahrzeugführer meldete der Polizei einen verlassenen PKW vor der Bahnschranke. Bei Eintreffen der Streife wurde ein junger Mann von mehreren

260

Verkehrsteilnehmern betreut. Er wollte sich das Leben nehmen.

Sonntag, 10. Juli 2011, 13.15 Uhr:
Das Polizeikommissariat Hannover-Nordstadt meldete der Polizei in Neustadt ein Suizidvorhaben eines 27-Jährigen, der Robert-Enke-Fan sei. In einem Abschiedsbrief hatte er die Örtlichkeit Eilvese genannt. Die Person wurde mit seinem Auto auf der Landstraße 192 Fahrtrichtung Eilvese gestoppt. Nach notärztlicher Versorgung wurde er in eine Klinik eingewiesen.

Donnerstag, 14. Juli 2011, 17.30 Uhr:
Das Polizeikommissariat Langenhagen meldete eine Suizidankündigung eines Robert-Enke-Fans. Dieser wolle ebenfalls auf den Schienen aus dem Leben scheiden. Es konnte keine Person gefunden werden.
Dienstag, 8. November 2011, 16.25 Uhr:
Die Polizeiinspektion Süd der Polizeidirektion Hannover teilte mit, dass ein Polizeibeamter in einer elektronischen Dienstpost geäußert hätte, sich im Bereich Hagen vor einem Zug zu werfen. Ihm

konnte noch in Hannover Hilfe zuteil werden.

Mittwoch, 18. April 2012, 16.30 Uhr:
Die Polizeiinspektion Diepholz bat um Absuche der Bahnstrecke Neustadt – Bremen, in Höhe des Stadtteils Eilvese, da eine 25-jährige Frau telefonisch auf der Dienststelle angekündigt habe, vor einem Zug springen zu wollen. Sie wurde nicht angetroffen.

Freitag, 4. Mai 2012, 9.05 Uhr:
Zeugen beobachteten, dass sich eine Frau auf die Gleise begeben hatte. Anwesende hielten sie fest. Polizeibeamte entdeckten einen Abschiedsbrief in ihrer Hosentasche. Der hinzugezogene Notarzt wies sie in eine Klinik ein.

Freitag, 15. Mai 2012, 17.00 Uhr:
Das Klinikum Langenhagen stellte fest, dass eine 42-jährige Patientin aus der geschlossenen Abteilung geflohen war. Sie wurde dort wegen eines Suizidversuches behandelt. Parallel meldete sich die Person über Notruf in der Polizeieinsatzzentrale und kündigte einen erneuten Selbstmord-

versuch an. Sie wollte an der Bahnstrecke Neustadt vor einem Zug springen. Die Frau wurde tatsächlich von einer Streife an den Bahngleisen in Himmelreich angetroffen und zum Klinikum zurückgeführt.

Samstag, 13. Oktober 2012, 15.28 Uhr:
Ein Friedhofsbesucher fand auf dem Grab von Robert Enke in Empede zufällig einen Brief, den er las. Der Brief enthielt die Absicht einer Person, sich von einem Zug in Hagen überrollen zu lassen. Der Friedhofsbesucher brachte den Brief zur Polizei. Da auf dem Brief der Name und die Anschrift in Hamburg standen, sollte am Wohnort eine Überprüfung erfolgen. Die Polizei Hamburg meldete, dass die Person sich vor zwei Tagen erhängt hatte.

Sonntag, 16. Dezember 2012, 2.50 Uhr:
Die Polizeieinsatzzentrale meldete der Polizei in Neustadt eine Person „unter Zug". Bei Eintreffen der Streife wurde eine männliche Person, ca. 50 Jahre, im Gleisbett bei Bahnkilometer 30,1 tot aufgefunden. Die Polizisten konnten beim Leichnam keine Ausweispapiere finden. Die Kleidung des Toten machte die Beamten stutzig. Wie sich

später herausstellte, handelte sich um einen Kollegen aus der Nachbardienststelle. Er trug einen dienstlich gelieferten Trainingsanzug.

Mittwoch, 2. Januar 2013, 4.40 Uhr:
Ein Hinweisgeber teilte der Polizei mit, dass ein Suizidgefährdeter sich auf den Bahngleisen bei Himmelreich das Leben nehmen wollte. Ursächlich wären gesundheitliche Probleme. Der Zugverkehr wurde sofort gestoppt. Die Person wurde auf den Gleisen liegend angetroffen.

Mittwoch, 2. Januar 2013, 20.28 Uhr:
Über den Polizeinotruf meldete sich eine junge Frau mit Selbstmordabsichten. Sie sei auf dem Bahnhof Hagen und wolle sich „vor einem Zug werfen". Die Gesuchte wurde dort angetroffen. Einen Abschiedsbrief führte sie bei sich. Sie äußerte, schon mehre Selbsttötungsversuche begangen zu haben.

Montag, 1. Juli 2013, 16.45 Uhr:
Über eine Bekannte wurde der Polizei Neustadt mitgeteilt, dass ein Jugendlicher Suizid begehen wolle. Er plane von einer

Bahnbrücke kurz vor Neustadt zu springen.
Die Person wurde unterhalb der Brücke auf
den Schienen angetroffen.

Freitag, 30. August 2013, 10.20 Uhr:
Eine weibliche Person stellte sich nach dem
Ablegen von Gehstützen und persönlichen
Gegenständen ins Gleisbett vor einen
herannahenden Güterzug. Dieser erfasste
die Frau und fügte ihr tödliche
Verletzungen zu.


25 traurige Vorfälle in einem Zeitraum von
nur 45 Monaten, auf einer Stecke von nur
zehn Schienenkilometern.
25 Schicksale von Menschen, die das
Lebenselixier - Träume, Wünsche, Ziele -
nicht mehr in sich spürten. Es werden
vermutlich noch weitere hinzukommen.
Die Hinterbliebenen erfahren danach die
härteste Prüfung im Leben: die Trauer.

Aber vom 30. August 2013 bis zu meiner Pensionierung am 30. Juni 2015 haben sich keine weiteren Vorfälle auf der Strecke ereignet. Ein hoffnungsvoller Schluss für dieses Buch!

# Kriminalfälle
## aus der Nachkriegszeit

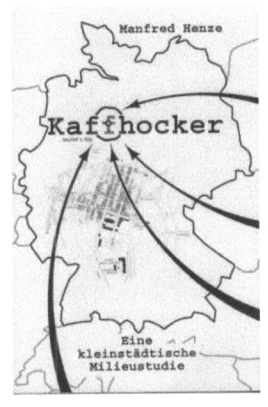

Manfred Henze
**Kaffhocker**

Eine kleinstädtische
Milieustudie

Books on demand
ISBN: 978-3-748119-39-5

Mit sehr viel Ernsthaftigkeit, Hintergründigkeit, gelegentlich auch mit Humor, schildert der ehemalige Erste Polizeihauptkommissar und langjährige Kommissariatsleiter Manfred Henze wahre Kriminalfälle aus der Nachkriegszeit. Manchmal kommt beim Erzählen auch sein berufsbedingter Polizeijargon durch. Es geht um Tod, Ehebruch, jugendlichen Leichtsinn, Betrug, Unglücke und mehr.

Mehr über den Autor im Internet unter:
www.manfredhenze.de